कुछ बातें मेरी भी...

(कविता-संग्रह)

Publisher: Notion Press Publication
ISBN: [9 798901 765531]

Disclaimer: This is a work of [fiction / non-fiction]. Any resemblance to real persons, living or dead, is purely coincidental.

कुछ बातें मेरी भी...

(कविता-संग्रह)

कंचन अग्रवाल

notionpress.com

भूमिका

कुछ बातें मेरी भी... 106 कविताओं का ऐसा संग्रह है, जहाँ हर कविता एक एहसास बनकर उभरती है—कभी प्यार की ऊष्मा लिए, कभी टूटने की चुभन, कभी सपनों की उड़ान के साथ और कभी ज़िंदगी की थकान में डूबी हुई।

यह किताब उन पलों को समेटे हुए है जिन्हें हम अक्सर जी तो लेते हैं, मगर कह नहीं पाते। इन कविताओं में आपको वो सवाल मिलेंगे जो हम खुद से पूछते रहते हैं, वो अधूरी बातें जो दिल में चुपचाप बैठी रहती हैं, वो रिश्ते जो हमें बनाते भी हैं और तोड़ते भी, और वो पल जो हमें समझाते हैं कि हम कौन हैं।

मैंने कोशिश की है कि हर पन्ने को पढ़ते हुए आप भी खुद को इन कविताओं का हिस्सा समझें, और दुख-सुख को महसूस करते हुए कुछ मौकों पर अपनी हल्की सी मुस्कुराहट और कभी आँखें भी नम करे।

"कुछ बातें मेरी भी..." सिर्फ़ मेरा सफ़र नहीं, बल्कि उन सभी दिलों की कहानी है जो चुप रहकर भी बहुत कुछ कहना चाहते हैं।

आभार

इस किताब को लिखते हुए मैंने महसूस किया कि हर शब्द, हर जज़्बात सिर्फ़ मेरा नहीं है, बल्कि मेरे परिवार के धैर्य और सहयोग से जुड़ा हुआ है, मैं दिल से आभार व्यक्त करती हूँ अपने पति राजीव का, जिन्होंने हर पल मुझे आगे बढ़ने का हौसला दिया। मेरी प्यारी बेटियाँ स्वरा और सानवी जिन्होंने अपनी छोटी-छोटी खुशियों और शरारतों से मुझे मुस्कुराने का कारण दिया, और मेरी हर व्यस्त घड़ी में मेरा साथ निभाया। बिना इनके समर्थन के यह सफ़र अधूरा होता।

कभी ख्वाहिशों से, कभी उम्मीदो से
कुछ ख्वाब लिखती हूँ
कभी अहसासो की, कभी अरमानो की
कुछ बात करती हूँ।

अनुक्रम

कुछ बातों को...

कुछ बातों को, बस यूँही लिख दिया
कुछ अहसासों को, बस यूँही कह दिया
कुछ जिंदगी ने ख्वाब दिए
कुछ रास्तों ने बिखराव दिए।

कुछ वक्त मुझे तोड़ता रहा
कुछ घाव भी वक्त सिलता रहा।

कभी खुद से नाराज हम होते रहे
कभी दूसरों से नजरे चुराते रहे
कभी कुछ लम्हा रुक सा गया
कभी थककर बस सोचता रहा।

क्या किया कुछ ना पता
बस बेखबर सा चलता रहा
बस बेखबर सा चलता रहा।

जो दुआ खोयी थी

जो दुआ खोयी थी, वो फिर से आएगी
जो राहे रूठी थी, वो फिर से मुस्कुरायेगी
जज्बात अपने संभालता चल तू
खुद में खुद को ढूंढता चल तू
परवाह मत कर क्या लूट गया
सोच मत क्या बिखर गया।

खुद की अहमियत को कुछ यूँ सवार ले
खुद के वज़ूद को फिर से बना ले
जो छूट गया वो हमारा नहीं था
जो खो गया वो संजोया नहीं था
कुछ बदलेगा क्या ऐसा यकीन आएगा
वक़्त का क्या है, हमारा भी आएगा
वक़्त का क्या है, हमारा भी आएगा।

ख्वाबों के पंखों को

ख्वाबों के पंखो को हम फिर से सवारेंगे
इन आँखों में जो दरिया है, उसे समंदर बनाएंगे
रास्ते कितने भी बिखरे हो मगर
कशती काट कर हम जरिया बनाएंगे।

खुद को बेहतरी की तरफ ले चले
मुक्कदर को अपनी कुछ यूँ संवार ले
कोशिशें हर रोज़ की अब जिद हो गयी
खुद को तराशने की फितरत हो गयी।

मुस्किले कितनी भी आये अब डट कर खड़े है
रास्ते कितने भी कठिन हो अब हम तो बढ़े रहे है।

थोड़ा वक़्त लग गया

जो छोटी-छोटी कोशिशें हम आज कर रहें है
खुद को कुछ बनाने में जो इस तरह लगा रहें हैं
शायद वो अभी बहुत धुंधला सा प्रयास हो
रौशनी की हलकी सी किरण भी ना दिखने के आसार हो
अक्सर खुद पर भी संदेह होने लगता है
और दूसरों का नजरिया बहुत हद तक सही लगने लगता है।

लेकिन जब हम कुछ करने का प्रयास शुरु करते हैं
तो वो किसी नन्हे से बीज की तरह होता है
हर दिन उसमें कोशिशों की धूप दिखानी होती है
अपनी लगन और मेहनत के पानी से सींचना होता है
सहजता और सकारात्मकता की खाद उसमें डालनी होती है
उदासी और निराशा के कीट से उसे बचाना होता है।

समय के साथ इनमें प्रयासों के नन्हे फल आने लगते हैं
और धीरे-धीरे ये पेड़ अपनी जड़े पकड़ने लगते हैं
लोगों को लगता है सब बस कुछ दिनों मे हो गया

नही जनाब !
बीज को पेड़ बनने में थोड़ा वक़्त लग गया।

काश हम कभी ना मिले होते

ऐ काश! कि हम कभी ना मिले होते।
वो रिश्ता जो साथ कॉफी पीने शुरू हुआ
जो बस एक बार बात करने का बहना बना
एक बार मिलने से क्या हो जाता है
साथ थोड़ी दूर चलने से क्या खो जाता है।

धीरे धीरे एक दूसरे से मिलना बस मिलना ना रहा
एक रोज़ भी बात ना करना अब गवारा ना रहा
कब हम एक दूसरे के लिए इतने खास हो गये
कब ये अहसास बस अहसास ही नही, हमारा जहान हो गए।

इसीलिए सोचती हूँ! कि काश! हम कभी ना मिले होते।

मुझे देखते ही तेरे चेहरे का खिल जाना
मेरे पास आने के कितने बहाने बनाना
मेरी पसंद, ना-पसंद का ख्याल रखना
कभी रेत पर, तो कभी बारिशों में साथ चलना।

बस मुझे अपनी हर एक बात बताना
मैं कितना भी रूठूँ मुझे फिर से अपने पास ले आना
ये चाहतें अब एक आदत सी बन गयी है
तू नहीं होता, तो ये शिकायत सी हो गयी है।

इसीलिए सोचती हूँ! कि काश! हम कभी ना मिले होते।

मेरी शिकायतों से पहले मुझे समझ लेना
मेरे हर जिक्र पर तवाज़्ज़ो देना
मैं हाथ दूँ तो झट से पकड़ लेना
मैं तेरे साथ हूँ इस बात का इत्मीनान होना।

जब हम बात करते हैं तो वक़्त कहीं खो जाता है
जब हम साथ होते हैं तो ये जहाँ भी कहीं थम जाता है
मैं सोचूँ ना सोचूँ, तू इन ख्यालों में होता है
मैं कितनी भी दूर रहूँ, तू मेरी इन साँसों में होता है।

तभी तो कहती हूँ ! कि काश! हम कभी ना मिले होते।

सपने इतने उलझें हैं

सपने इतने उलझें है, अब इन्हें सुलझाये क्यूँ
ज़िंदगी को एक रास्ते पर लाये क्यूँ
थक गये हम लाख कोशिशों से
अब आगे कदम बढ़ायें क्यूँ।

कभी-कभी लगता है सारी नाराज़गी दूसरों से है
कभी लगता है नाराज़ हम खुद से हैं
चाहे कितना भी कर लें, कुछ हाथ नहीं आता
कोशिशें कितनी भी कर लें, कुछ पास नही आता
तरक्की भी उनकी, तालियाँ भी उनकी
मौके भी उनके, औहदे भी उनके
ऐसा लगता है कि सालो से बस चले जा रहे हैं
हिम्मत टूटती है फिर भी सहे जा रहे हैं।

सपने इतने उलझें है, अब इन्हें सुलझाये क्यूँ
ज़िंदगी को एक रास्ते पर लाये क्यूँ।

कभी-कभी लगता है, अपना वक़्त आने को है
समंदर की सारी लहरें हमें भीगाने को है
जो मेहनत हमने की थी कभी
ज़िंदगी आज यूँही मुस्कुराने को है

ये सारे ख्याल बस ख्याल ही रहे
टूटते सपने हमको चुभते रहे।

अब उन टूटी हुई उम्मीदों को जोड़े क्यूँ
ज़िंदगी को एक रास्ते पर लाये क्यूँ
थक गये हम लाख कोशिशो से
अब और आगे कदम बढ़ाये क्यूँ।

चलते रहे इसी आस में शायद

जो कभी बेबाकी से कह गए
कभी कुछ कहते-कहते रुक गए
कभी खुशियों पर गुमान हुआ
कभी आंसुओं का साथ हुआ।

कभी कुछ कहना गलत हो गया
कभी चुप रहना समझ आ गया
कभी सबसे नजरें चुराते रहे
कभी सबके बीच भी तन्हा ही रहे।

कभी कितने अरमान इन आँखों में थे
कभी टूटकर वो हमें ही चुभते रहे
कभी कोशिशों ने दम तोड़ दिया
कभी उम्मीदों ने मुँह मोड़ लिया।

मिलेंगे कुछ ख्वाब ये तलाश थी शयाद
बस चलते रहे इसी आस में शायद।

यूँही कभी चलते-चलते

यूँही कभी चलते-चलते कुछ ख्वाब चुन लिए
ना जाने इन आँखों ने कितने आसमान बुन लिए

अपनी भी एक दुनिया हो
खूबसूरत सारे लम्हे हो
खुशियों का यूँ भटकना ना हो
मुश्किलों का आना-जाना ना हो।

बस यूँही कहीं बैठे हुए
आँखों मे कितने सपने लिए
उम्मीदों के पन्नों से
हर शब्द गुनगुनाते हो।

यूँही कभी चलते-चलते कुछ ख्वाब चुन लिए
ना जाने इन आँखों ने कितने आसमान बुन लिए।

कहीं किताबों में ढूंढती थी

कहीं किताबों में ढूंढती थी जिसको
वो मेरे सामने ही रहता था
कहीं सपनों में पुकारती थी जिसको
वो मुझे यूँ ही सुन सकता था।

एक तरफ़ तेरी चाहतें मुझे रोज़ याद आती थीं
एक तरफ़ तुझसे रूठी हूँ, ये भी ख़ुद को बताती थी
नहीं मिले इस बात का शिकवा रहा उम्र भर
अब मिले हैं तो निभा लूँ यही सोचती हूँ हर पल
क्या बदला है तेरे आने से, ये तुझे भी पता है
क्या बदल सकता है तेरे रह जाने से, बस यही ढूंढना है।

ख़ुद ही ख़ुद से बातें हज़ारों कर ली मैंने
तू कहता है कि कुछ मत सोच, बस बातें कर मुझसे
बातों ही बातों में कितनी बार कहा होगा
"मुझे फ़ुर्सत नहीं" पर फ़ुर्सत से बात करूँगा तुझसे
बिना कहे ही कितना समझ लेता है तू
मुझे यहाँ से ख़ुद तक बुला लेता है तू
कब तक ये सिलसिला यूँ ही चलेगा
मुझे नहीं पता, पर शायद रहेगा।

कहीं किताबों में ढूंढती थी जिसको।

तू मेरे सुकून का रास्ता है

मुझे नहीं पता ये कितना गलत है
मुझे नहीं पता ये कब तक सही है
तू मुझे मुझसे ज्यादा समझता है,
खुशियों से ज्यादा मेरी नाराज़गी को पढ़ लेता है।

मैं कितना भी चाहूँ कि तुझसे दूर रहूँ
तुझे पता है, कैसे मेरे हर पल में रहना है।

क्या मिला तुझसे, और क्या वास्ता है
बस इतना जानती हूँ कि
तू मेरे सुकून का रास्ता है।
तू मेरे सुकून का रहता है...

कुछ तो कहा होगा

कुछ तो कहा होगा तेरी आँखों ने मुझसे
जो कही मैं समझ न सका
तेरी चाहतों के तसव्वुर में कुछ यूँ खो गया
तेरी बातों को मैं समझ न सका।

हो सके तो भूल जा बेरुख़ी को मेरी
हो सके तो भूल जा नाराज़गी को मेरी
मेरी आँखों में खुद को ढूँढती क्यों नहीं,
मेरी बातों में खुद की परवाह समझती क्यों नहीं।

जैसा भी हूँ, बस तेरे लिए ही हूँ
जो हूँ बस तुझमें ही हूँ।

ये कहानी तेरी भी है

ये कहानी मेरी भी है, ये कहानी तेरी भी है।

निकले थे घर से कुछ कर गुजरने को
खुद के लिए एक बेहतर रास्ता चुनने को
यूँ गिरे पत्थरों पे तो ख़्याल आया हमको
ख्वामखाह में ये एक नई ज़िद कर ली है
बेहतर थी वो ज़िंदगी, हमीं ने शिकायतें की हैं।

वो लम्हे, वो पल मुस्कुराए थे कभी
आज न जाने क्यों याद आए हैं सभी
चलों छोड़ो ये फ़िज़ूल की तकलीफ़
चलते हैं वहीं, जहाँ होते थे कभी।

ये कहानी मेरी भी है, ये कहानी तेरी भी है।

खुद से वादे हज़ारों किए थे
कि कुछ भी हो जाए, अब यूँ न जिएंगे
थोड़ी सी मुश्किलों ने हौसला तोड़ दिया
खुद से किए वादों को यूँ ही भुला दिया।

निकले थे बनाने कुछ नए रास्ते
आँखों में लिए सपने कुछ अपने वास्ते
ये क्या हुआ, ये हमें किसने रोक दिया

चंद पत्थरों और काँटों ने ऐसा क्या कर दिया।

लहू जो निकले इन पैरों से तो क्या हुआ
सपने इतने आसान न लगे तो क्या हुआ
इतने अरमान थे, पर वो छूट क्यों गए
कुछ ही रोज़ में हम इतने टूट क्यों गए।

ये कहानी मेरी भी है, ये कहानी तेरी भी है।

कुछ बनने निकले हैं तो लड़ना पड़ेगा
पथरीले होंगे रास्ते, पर उन पर चलना पड़ेगा
हौसले रोज़ टूटेंगे, उम्मीदें दम तोड़ेंगी
ना चाहकर भी ज़िंदगी हमारा साथ छोड़ेंगी।

कितना भी गिरें, पर खुद को संभालना होगा
समेट कर सपने, अब हमें उठना होगा
मंज़िल मिलेगी, ये रास्ते क्या बताएँगे
मुश्किलें भी आएँगी, पर ये कुछ कह न पाएँगे।

अब इन ही रास्तों पर चलता जा तू
खुद को धीरज बँधा और आगे बढ़ता जा तू
कुछ मिलेगा, ये सोचने का वक्त नहीं है
सफर को जी और खुद को पाता जा तू।

ये कहानी मेरी भी है, ये कहानी तेरी भी है।

मैं उसका नहीं रहा

कुछ इस तरह मैं खुद को खुद में ढूढ़ता रहा
जैसे कुछ था जो यहीं कहीं खो सा गया
जिससे ना जाने कितने दिन हुए बात नहीं हुई
जो रहता इसी घर में मेरे साथ है
पर जाने कब से मुलाक़ात नहीं हुई।

जो अब अपनी चाहते मुझसे नहीं कहता
जो बस आजकल अपने में ही रहता
जो कहीं किसी कोने में खामोश है
जो होकर भी अब शायद यहाँ नहीं है।

उसकी सारी बातें चुपचाप सी हैं
कितना भी ढूँढू पर वो नाराज़ सी हैं
मेरे साथ से अब रफ्ता नहीं रखता
जो आजकल मुझसे बात नहीं करता।

मैंने उसकी ख्वाहिशों को नजरंदाज़ किया है
सब जानकर उसे ही गलत करार दिया है
वो फूलों सा खिला रहता था कभी
पूरे घर मे चहचाहाता था कभी
आज उसकी उदास आँखे, बस मुझे देखती हैं
मैं उसका नहीं रहा, ये भी कहती है।

कभी यूँ ही मिलने चले आना

कभी यूँ ही मिलने चले आना
कभी यूँ ही हमें बुला लेना
इत्तेफाक तो इत्तेफाक से होते हैं
कभी बेवजह ही यहाँ आ जाना।

मुद्दतें हुईं इन आँखों को उन आँखों की तलाश में
कितने मौसम बीते तुझसे मिलने की आस में
बीती बातें, बीते पल, कितना याद आते हैं
वो बेवजह वाली मुलाक़ातें अब भूली नहीं जाती हैं।

तेरे आने से सब कुछ नया-नया सा लगता है
तेरे होने से सब कुछ अपना-अपना सा लगता है
कभी यूँ ही मिलने चले आना
कभी यूँ ही हमें बुला लेना।

कुछ थीं अधूरी बातें कभी
कुछ थे अधूरे सपने कभी
कुछ मैंने कहा था जो तुमने न सुना
कुछ तुमने कहा था जो मैंने न सुना

उन अनसुने पलों को चलो फिर से जी लेते हैं
तुम आओ तो सही, हम फिर मिल लेते हैं।

वो शख्स बुरा नही था

वो शख्स बुरा नहीं था
बस हमारा नहीं था
बातें तो अच्छी कर लेता था
बस हमसे नहीं करता था

वो ख्याल दूसरों का खुद से ज्यादा रखता था
मेरी आँखों में आंसू हैं
बस इसकी परवाह कम करता था
शौक दुनिया के नहीं थे उसको
बस मेरी मर्जी का नहीं करता था
कभी उदास सी देखूँ उसको
समझता तो था, पर नहीं समझता था।

वो शख्स बुरा नहीं था
बस हमारा नहीं था।

मेरे तरीके चुभते थे उसे
मेरे इरादे नापसंद थे शायद
कुछ कहना तो चाहता था
पर खामोश रहना भाता था उसे
मैं हर पल उसे अपनी बातें बताती
वो सुनता तो था, पर नहीं सुनता था
मेरी चाहतें, मेरी उम्मीदें शायद कमजोर थी

जाती तो थी, पर वहाँ तक नहीं जाती थी।

वो शख्स बुरा नहीं था
बस हमारा नहीं था।

मैं इस आस में एक अरसा बैठी रह गयी
वो मुझे देखता तो था पर अपनी राह में रह गया
मैं तलाशती खुद को उसमें कभी
वो अजनबी सा अपनी दुनिया में रह गया।

कभी साथ चले थे मीलों तक
वो साथ, साथ सा लगना रह गया
मैं उसकी फ़िक्र में सब छोड़ती चली गयी
उसके खातिर खुद को बदलती चली गयी
लगा की एक वक़्त ऐसा भी आएगा
वो इन आँखो की नमी को शायद समझ पायेगा।

कुछ ख्याल मुझसे रूठें से रहे
मिलते हम ऐसे रास्ते ना बन सके
वो शख्स बुरा नहीं था
बस हमारा नहीं था।

जब मुझसे मिलने की चाह हो

जब मुझसे मिलने की चाह हो, तब आना
जब मन कहीं ना लगे, तब आना
जब लगे की सब बेगाने हैं, तब आना
जब मिले फ़ुरसत के कुछ पल, तब आना।

यूँ रोज़-रोज़ तुम्हारा इंतज़ार
इतना कहने पर तुमसे बात
जब कहती हूँ तो परवाह जताते हो
मुझसे मिलने में भी बहाने बनाते हो।

कुछ पूछो तो काम बहुत है
रोज़ की झंझट, परेशान बहुत हैं
समझने की भी अपनी एक हद होती है
मैं कितना भी समझूँ तेरे लिए कम होती है।

जब आँखों मे नींद ना आये, तब आना
जब सपने सिर्फ मुझे बुलाये, तब आना
जब परवाह मेरी याद आये, तब आना
तुम हुआ करते थे खास
ये बात भी सताये
तब आना

जब रहा न जाये, तब आना
जब कुछ कहा ना जाये, तब आना
जब ज़िंदगी थोड़ी बोझिल हो जाये
भागते भागते ये पैर थक जाये

तब आना
तब आना
तब आना।

खामोशी से

कुछ कहा था तुमने खामोशी से
कुछ सुना था मैंने खामोशी से
तेरी खामोशी ने मेरी खामोशी से
कितना कुछ कहा था खामोशी से।

ना किसी की जमानत, न कोई फरमाइश
बस देखकर मुस्कुराते थे खामोशी से
किसी ने ना कहा था, बस हमने कहा था
वो तेरी फिकर, वो मेरी फिकर
कह देते थे लम्हे खामोशी से।

फिर क्या हुआ जो सब पीछे रह गया
अब मिलते है वो एक अजीब सी खामोशी से।

कभी-कभी वो बात करती है

कभी-कभी वो बात करती है
तुम हो बहुत ख़ास, ये भी महसूस कराती है
फिर कई दिनों तक जाने कहाँ होती है,
ना उसे तुम्हारी कोई फ़िक्र होती है,
ना ही वो तुम्हारे साथ होती है।

तुम चाहकर भी कुछ पूछ नहीं पाते,
क्योंकि इस रिश्ते का कोई नाम नहीं होता है
ना जाने कितने ख्याल तुम्हें परेशान करते हैं
क्यों हो रहा है ये सब—यही ख्याल बार-बार आते हैं।

कितनी बार तुम चाहकर भी उसे कुछ कह नहीं पाते
और फिर एक दिन वो अचानक तुमसे बात करती है
ये सिलसिला बार-बार चलता है
तुम्हारे सारे इमोशन्स अब उसके आगे-पीछे घूमते हैं।

क्यों हो रहा है ये सब, और वो क्या चाहती है ?
बस इसी का जवाब ढूँढ़ते हैं
कई बार तुम कोशिश करते हो नाराज़ होने की
वो आती तो है, लेकिन सारे इल्ज़ाम तुम्हें दे जाती है।

खुद को इतना कमज़ोर और लाचार पाते हो
चाहकर भी क्या चल रहा है, ये किसी को नहीं समझा पाते हो
जितना भी तुम टूटते हो, वो इसे अपनी जीत समझती है
झूठी हमदर्दी वो बार-बार जताती है।

तुम खुद से और अपनों से दूर होते जाते हो
इस मानसिक चक्रव्यूह में बस फँसते ही जाते हो
चाहकर भी ये टूटता नहीं है
लाचारी और सेल्फ-डाउट की सीढ़ी बस तुम चढ़ते ही जाते हो।

वो तुम्हारा कॉन्फिडेंस चूर कर देती है
इस मेंटल गेम में तुम्हें मजबूर कर देती है
ये कैसा ट्रैप है और कैसे निकलें इससे ?
अपनी बेबसी को कैसे संभालें इससे ?

कुछ इस तरह के ख्याल हर बार आते हैं
और फिर सारे रास्ते बस बंद हो जाते हैं
सारे रास्ते बस बंद हो जाते हैं।

नहीं मिले तो क्या हुआ

नहीं मिले तो क्या हुआ, ज़िंदगी यूँ ही आगे बढ़ी
कुछ सपने मेरे टूट गए
तो कुछ तेरे बिखर गए।

वो बातें आज भी याद आती हैं मुझे
वो चाहतें आज भी रुलाती हैं मुझे
बीते पल तो बीत गए
पर बीते पलों की धुंधली सी यादें आज भी सताती हैं मुझे।

तू कहता था, "मैं तुम्हें हमेशा यूँ ही मिलूँगा
तेरी धड़कनों में कभी-कभी मैं भी धड़कूँगा"
तू सामने हो न हो, पर तेरा एहसास होगा
मैं मिलूँगा तुझे इसी जन्म में, और हमारा साथ होगा।
और हमारा साथ होगा।

क्योंकि मैं इंट्रोवर्ट हूँ

ऐसा नहीं कि शब्द नहीं हैं मेरे पास
ऐसा भी नहीं कि अहसास नहीं है मेरे पास
बातों की एक लंबी श्रृंखला है
हर पंक्ति की अपनी पृथकता है
अरमानों की पूरी किताब है
शुरू करूँ तो क्या दिन, और क्या रात है
पर चाह कर भी कुछ कह न पाऊँ
अपने अंतर्मन को शब्द न दे पाऊँ

क्यों, क्योंकि मैं इंट्रोवर्ट हूँ।

सबकी बातें सुनता ही रह जाता हूँ
कभी अपने ही विचारों में खो जाता हूँ
सामने से कई बार आवाज़ आती है
कभी नाराज़गी तो कभी प्यार जताती है
कुछ कहने के लिए वो बार-बार कहती है
उसे लगता है, मैं उसकी चाहत नहीं समझता
वो कहती चली जाती है और मैं फिर भी नहीं समझता
कैसे बताऊँ कि सब समझता हूँ
समझ कर भी उसे बता नही पाता हूँ

क्यों, क्योंकि मैं इंट्रोवर्ट हूँ।

यूँ सामने बैठी इन आँखों में देखती है वो
मेरे कुछ कहने का इंतज़ार भर करती है वो
बस चुपचाप सी मुस्कान अक्सर बिखेर देता हूँ
आँखों-आँखों में ही सब कह देता हूँ
कितना भी चाहूँ खुद को शब्दों में पिरोना, थोड़ा कठिन हो जाता है
जो मन में है, वो समझाना बड़ा मुश्किल हो जाता है

क्यों, क्योंकि मैं इंट्रोवर्ट हूँ।

मैं उससे हर विषय पर बात कर लेता हूँ
सुबह की चाय से लेकर, मौसम का हाल सुना देता हूँ
कभी finance की बारिकियां बता देता हूँ
कभी property तो कभी पूरा Tax समझा देता हूँ
बस वो नहीं कह पाता जो सुनने वो आती है
चाह कर भी समझा नही पाता, जो समझना चाहती है
सोचता तो बहुत हूँ, पर शब्द नहीं दे पाता
अपने अंतर्मन को ढंग से पिरो नहीं पाता
वो चुपचाप सी नाराज़गी भरी नजरों से देखती है
कहती तो कुछ नही, बस चुपचाप सी मुस्कान देती है
क्या करूं उसे जाने से रोक नहीं पाता

क्यों, क्योंकि मैं इंट्रोवर्ट हूँ।

कभी कुछ ख्वाब

कभी कुछ ख्वाब मैने भी देखे थे
एक अलग सी दुनिया मैने भी सोची थी
एक अरसा उन्हे बनाने में खोया था
कुछ उम्मीदें मैने भी जोड़ी थी।

बीतते वक़्त के साथ वो ना जाने कहाँ रह गये
मैं उनसे मिलती, इससे पहले वो कहीं खो से गये
हम भी रोज़ की भाग दौड़ में कुछ यु मसरूफ थे
वो मिलते भी कैसे, हम भी बेपरवाह से हो गये थे
कभी कुछ ख्वाब मैने भी देखे थे
एक अलग सी दुनिया मैने भी सोची थी।

ये ज़िम्मेदारिया सपनों से बड़ी हो गयी
ये दुनियादारी भी कुछ यूँ खड़ी हो गयी
मेरे इरादे सबको बनाने में लग गये
वो सारा वक़्त इनको सजाने में लग गये
यूँ चलते-चलते इतनी दूर निकल आये
अपना क्या था ये भूलते चले गये।

तलाश कबकी लापता हो चुकी थी
अपनी तो सारी दुनिया ही बदल चुकी थी
कभी कुछ ख्वाब मैने भी देखे थे
एक अलग सी दुनिया मैने भी सोची थी।

यूँ अचानक मिला वो तो कुछ याद आया
क्या सोचते थे और क्या हो गये थे
बात उससे हुई तो वो कहने लगा
वो जो ख्वाब थे सारे वो कहा खो गये
मैं जिससे मिला था वो तुम तो नहीं थी
जो सपने बुने थे वो ये तो नहीं थे।

कुछ कहना तो चाहा मगर क्या कहते
उसे अब हम क्या-क्या बताते
बातों-बातों में उसने कुछ यूँ कहा
अपनी भी हालत का कुछ ना पता
जो भी सोचा था हमने वैसा कुछ ना हुआ
जो भी करना था वैसा कुछ ना मिला
सारे इरादे यूँ धरे रह गये
हम ज़िंदगी से बस हारते चले गये।

चाहतें क्या थी वो कहीं खो सी गयी
उम्मीद भी जाने कहाँ सो गयी
जो भी हुआ वो कुछ सोचा ना था
सब कुछ नया था और मैं चलता गया
शिकायतें तो थी, पर किससे करता
अपनी ये बातें भी किससे कहता

कभी कुछ ख्वाब हमने भी देखे थे
एक अलग सी दुनिया हमने भी सोची थी।

कुछ इस कदर टूटे

कुछ इस कदर टूटे कि अहसास भर रहा
अपनी इस हालत का बस ख़्याल भर रहा
इतने मजबूर हुए आज खुद की लकीरों से
अब अपनों का भी ऐतबार ना रहा।

कभी सोचते थे शायद कुछ बदल लेते
अब बस तेरे मिलने का इंतज़ार भर रहा
कुछ तो हुआ जो उम्मीद ही छूट गई
कुछ तो पास था और सब दूर हो गई।

नाराज़गी भी खुद से है, किसी से क्या कहें
इतने बिखरे कि अब किसी का भी ऐतबार ना रहा
किसी का भी ऐतबार ना रहा।

वो मेरे लिए होकर भी कुछ नहीं है

पहले तो वो खुद से आती थी
मैं कितना खास हूँ ये भी जताती थी
हम घंटो बातें करते थे
इधर-उधर की गपशप करते थे
वो अपनी सारी मुश्किलें
बस मुझे बताती थी
मेरे साथ ही वो हर पल जीना चाहती थी, ऐसा मुझे लगता था
दिन बीते, महीने बीते, ये सिलसिला यूँही चलता रहा
पता नहीं कब मैं उससे अटैच होता रहा।

फिर अचानक से सब बदल गया
अब उसके पास मैं खुद से जाने लगा
उससे मिलने के बहाने ढूढ़ने लगा
वो मिलती, पर वो पहले जैसे बात ना थे
मैं खास हूँ ये भी अहसास ना थे
अब उसके पास वक्त नहीं था
मेरा होना उसके लिए कुछ नहीं था।

मेरा कुछ कहना, overthinking हो गया
उसे समझाना अब burden बन गया
अब वो बात-बात पे irritate होने लगी
मैं फ़िज़ूल हूँ, इसका भी अहसास कराने लगी
attachment उसका कुछ यूँ हावी हो गया था।

खुद की ही मेन्टल जेल का मैं कैदी बन गया था
हर दिन मेरा self-respect मुझे धिक्कारता था
Self-doubt के पिंजरे तले मुझे बांधता था
कितनी भी कोशिश कर लूँ
पर इससे निकल नहीं पाता था
बस उसकी चारदिवारी में खुद को कैद पाता था।

हर रोज़ की लाचारी मुझसे सवाल करने लगी
वो मुझे मेरी ही worth समझाने लगी
मेरे ही आंसुओं को, मुझपे तरस आने लगा
मेरा इस हाल मे होना, मुझसे ही ना देखा गया
ये क्या हो रहा था, किसी को समझाना मुश्किल था
अपना ये हाल भी बताना मुश्किल था।

हर दिन के टूटने से मैं मजबूत हो रहा था
धीरे-धीरे पर उससे मैं दूर हो रहा था
जो मेरे लिए सही था मैंने उधर का रुख किया
हर दिन को plan किया और बस वही किया।

धीरे-धीरे वो मेरे मन से उतरने लगी
मेरे लिए वो आम से भी ज्यादा आम होने लगी
मैं खुद के आत्म-विश्वास को पाने में लग गया
जो खोया था मैने वो बनाने में लग गया
कई बार ऐसा लगता है कि वो मुझे देख रही है
मैं कितना बदल गया हूँ शायद ये भी कह रही है
अब मुझे उसका अहसास भी नहीं है
वो मेरे लिए होकर भी कुछ नहीं है।

कभी खुद से पूछती हूँ

कभी खुद से पूछती हूँ, ऐसा क्यों होता है ?
वो भी कहता है, "तू मुझ जैसी है"
कभी सपनें, कभी बातें, कभी आदतें एक जैसी होती हैं
मैं कुछ कहूँ उससे पहले वो कह देता है
कभी खुद से पूछती हूँ, ऐसा क्यों होता है ?

तलाश कब से जिन आँखों की थी,
वो मुझे यूँही देखता है
उसके साथ मैं कुछ और ही होती हूँ
मेरे साथ वो मुझ जैसा होता है
कभी खुद से पूछती हूँ, ऐसा क्यों होता है ?

कुछ छुपाने का मन नहीं होता
बातें बनाने का मन नहीं होता
वो बड़े इत्मीनान से सुनता है मुझे
धीरे-धीरे ही सही पर समझता है मुझे।

इन आँखों की नमी वो पढ़ लेता है
मुझे मुस्कुराने की कई वजह दे देता है
कभी पूछती हूँ खुद से ऐसा क्यों होता है ?

मुझे मेरी जीत भी हार सी लगी

मुझे मेरी जीत भी हार सी लगी
ये तारीफ़ें भी धिक्कार सी लगी

मेरा होना बेमतलब हो गया
ये सम्मान भी तिरस्कार हो गया
दौड़ती-भगती सी ज़िंदगी
अब थके हाल सी हो गयी
और बातें, बातें बस फिलहाल सी हो गयी।

टूटती उम्मीदों मे ये नई उम्मीद कहाँ से आयी
बंद कर दिये हैं दरवाज़े मैंने, ये पुकार कहाँ से आयी
बंद किताबों ने आज फिर से दस्तक दी है
धुंधले से रास्तों ने फिर से खट-खट की है
अब मेरा कोई मन नहीं कि मैं फिर से आस जुटाऊँ
लड़खड़ाते हुए कदमों को फिर से चलना सिखाऊँ।

फूल जो खिला करते थे, वो कब से मुरझाये पड़े हैं
टूटे जो सपने थे अब बिखर से गये हैं
उन्हें फिर से जोड़ाना अब मुमकिन ना होगा
ये मुश्किलों भरा काम अब मुझसे ना होगा
मैंने अपनी हार कबकी मान ली है
इन रास्तों से मैंने बहुत दूरियाँ बना ली है।

जाओ यहाँ से अब कुछ भी ना होगा
मुझे कुछ कहने का वक़्त भी ना होगा
मुझे अब मुझसे कोई उम्मीद ही नहीं है
इस सितारों सी दुनिया में अब कोई तकलीफ भी नही है।

मुझे मेरी जीत भी हार सी लगी
ये तारीफे भी धिक्कार सी लगी।

सहजता की चादर ओढ़े

सहजता की चादर ओढ़े, ये दिखाना की सब ठीक है
भीतर लाख शिकायतें, और हर पल ये बतना की सब ठीक है।

कई चेहरे देखे मैंने जो हर पल मुड़कुराते थे
कोई जान ना ले, क्या चल रहा है ऐसा भी जताते थे
दिखावे के बोझ तले, उनका व्यक्तित्व झूठा था
महलों की नींव सा वो हर शख्स झूठा था।

बेमतलब सी हँसी उनकी, लिबास सारे झूठे थे
किस्से कहानियो से भरे, अंदाज सारे झूठे थे
बातों-बातों में ये आँखे नम क्यूँ हो जाती हैं
किसी को कुछ पता ना चले, ऐसा क्यूँ जताती हैं।

मुरझाये से चेहरे भी बड़ी दमक में रहते हैं
झूठी ही सही, पर अपनी चमक में रहते हैं
बेमतलब सा जीवन उनका, उम्मीद की बात करते हैं
झूठ को सच की चादर लपेटे कैसे तन कर चलते हैं
सूखे-मरे जीवन को भी जगमग करके रहते हैं।

सहजता की चादर ओढ़े ये दिखाना की सब ठीक है
भीतर लाख शिकायतें, और हर पल ये बतना की सब ठीक है।

आज महीनों बाद

आज महीनों बाद उससे बात हुई
ऐसा लगा जैसे दिन में बरसात हुई
मुझे लगा ये बस मेरी ही ख्वाहिश थी
पर ये तो उसकी भी फरमाइश थी।

मैं हर पल बस इसी कोशिश में था
उसकी हाँ में युही हाँ मिला रहा था
वो जो भी कहती मैं झट से मान रहा था
उसकी शिकायतों पर भी मुस्कुरा रहा था।

रूठने की कोई वजह ना मिले
बस वो मुझे यूँही देखती रहे
इतना सा अरमान मन में लिए
मैं उस हर पल को बेहतर बना रहा था।

ये सब कुछ करना मुझे इतना सुकून देगा
उसका पल भर मुझे देखना खुद को भुला देगा
बातों-बातों में हम कुछ यूँ खो गये
एक दूसरे की ख़ुशियों की वजह बन गये।

वो बात करती है तो दिन बन जाता है
वो परवाह करती है तो सब खिल जाता है
कई बार मैं उसे नाराज़ कर देता हूँ

ना चाह कर भी उसे परेशान कर देता हूँ
पर इतने दिनों की दूरी कुछ अहसास करवा गई
वो कितनी खास है ये मुझको समझा गई।

आज महीनों बाद उससे बात हुई
ऐसा लगा जैसे दिन में बरसात हुई।

ये सारे मसले यूँ ही हल हो जाए

कभी सोचती हूँ कि कुछ ऐसा हो जाए
ये सारे मसले यूँ ही हल हो जाए।
कुछ शब्द मेरे मुझसे पूछते रहे
इस हालत पर मेरी वो भी रोते रहे
मेरा यूँ टूटना उनको भी दिखा
जो कहीं सिसक रहा था, शायद उन्होंने भी सुना।

बातें वो अनकही उनसे ना छुपी थीं
बेबसी मेरी, उन्होंने भी सुनी थीं
कुछ कहती तो ये आँखें कह पढ़ती थीं
हर बात पे ये मेरी रो पड़ती थीं
ख़ामोशी भी अब चुभने लगी थी
मेरी उम्मीदें अब टूटने लगी थी।

कभी सोचती हूँ कि कुछ ऐसा हो जाए
ये सारे मसले यूँ ही हल हो जाए।

कुछ ना कहूँ और वो सब समझ जाए
मेरे हिस्से भी कुछ खुशी आ जाए
ऐसा लगता है इन ख़ुशियों को शिकायत है मुझसे
इनका यूँ दूर-दूर रहना भी रिवायत है मुझसे

तुझसे ये कहते-कहते थक गयी हूँ
खुद को समझाते-समझाते कुछ बिखर सी गयी हूँ
अब उम्मीद भी दम तोड़ रही है
कुछ ना होगा ये भी कह रही है।

कभी सोचती हूँ कि कुछ ऐसा हो जाए
ये सारे मसले यूँ ही हल हो जाए।

कही दूर चलते हैं इस शोर से
चुपचाप इन लहरों से
महकते हुए इन फूलो से
जहाँ सुकून गुनगुनाते हों
वो सारे पल मुस्कुराते हों
हर दिन कुछ खास हो
हाथों मे बस किताब हो।

कभी सोचती हूँ कि कुछ ऐसा हो जाए
ये सारे मसले यूँ ही हल हो जाए।

मुसाफिर

तेरी राह में आये होंगे मुसाफिर तो कई
तेरी पनाह में बैठे होंगे राही तो कई
मुझे भी अपने कारवां में शामिल तो कर ले
मुझे भी कहीं अपने साथ ले चल।

जहाँ खामोशियाँ इन हवाओ में हो
जहाँ तसव्वूर इन फिज़ाओं में हो
कुछ घड़ी बैठे तेरे साथ वहाँ
जहाँ हमारे सिवा और कोई ना हो।

कुछ नये लम्हो की यादे बनाएंगे
कुछ हम फुरसत के वक़्त बितायेगे
बस तू और मैं और कोई ना हो
जहाँ खुशियाँ ही खुशियाँ बस फिज़ाओं में हो।

तेरी राह में आये होंगे मुसाफिर तो कई
तेरी पनाह में बैठे होंगे राही तो कई।

बस यही फरमाइश है

कुछ उलझे से सपने थे
कुछ बिखरे से रास्ते थे
कुछ हम थे, कुछ तुम थे
कुछ साथ चलने के दावे थे।

कुछ कहते-कहते, कहा था शायद
इन आँखों की नमी तुमने पढ़ा था शायद
पलकें झुकाये मैं कहती गयी
तेरी आँखे मुझपर अटक सी गयी
चुपचाप सुना और सुनता रहा
खामोशियाँ भी मेरी समझता रहा
क्या हुआ जो इतने गम है तुझे
मैं तेरा हूँ क्या ये कम है तुझे।

मैं पास हूँ तेरी हर बात सुनने को
कभी पास आ खुद में समेट लूँ तुझको
तू अगर उदास है, तो मैं भी उदास हूँ
तू अगर परेशान है, तो मैं भी परेशान हूँ
तेरी नम आँखे, मेरी बेबसी पर हँसती है
तेरी तकलीफ मुझे अंदर तक चुभती है
तू अगर नाराज़ है, तो मैं सबसे नाराज़ हूँ
तू अगर पास है, तो मैं सिर्फ तेरे पास हूँ।

छोड़ दुनिया की बातें, चल कुछ अपनी बात करते हैं
बड़े दिन हो गये, चल थोड़ी दूर साथ चलते हैं
कुछ और बता, आज तुझे सुनता हूँ
सबकी छोड़ मैं अपनी बात करता हूँ
तेरे होने से सब पास लगता है
तू मुस्कुरा भर दे, ये दिन खूबसूरत लगता है
तू यूँही हँसती रहे बस यही ख्वाहिश है मेरी
मुझसे मिलती रहे, बस यही फरमाइश है मेरी
बस यही फरमाइश है मेरी।

मुस्कुराते पलों से पूछा मैंने

मुस्कुराते पलों से पूछा मैंने
तेरी उम्र इतनी कम क्यूँ है
तू आती तो शोर मचाते हुए है
पर तेरा जाना इतना चुप-चुप क्यूँ है।

ये भरम तेरा कुछ यूँ छा जाता है
कुछ पल की खुशी है ये ख्याल भी नही आता है
लगता है सब ऐसा ही रहेगा
मुस्कुराती सी मैं और सब खूबसूरत सा होगा
पल भर में ना जाने कितने अरमान बुन लेती हूँ
नाराज़गी छोड़ फिर से सपने चुन लेती हूँ
ख्याल तकलीफो का आता ही नहीं
कितना इंतज़ार किया था अब सताता ही नहीं ।

मुस्कुराते पलों से पूछा मैंने।

कुछ पल की खुशी
फिर अचानक सब बदल सा जाता है
मैंने तो जी भर के जिया भी नहीं
ऐसा ख्याल बार-बार आता है
क्या हुआ हमसे जो तू नाराज़ हो गयी
अभी ठीक से देखा भी ना था और तू चली गयी
फिर वही नसीब की बातें करते है

इतनी मेहनत के बाद मिली थी
यही हर पल सोचते हैं
वैसे एक बात कहूँ, अंधेरा भी ज्यादा दिन का होता नहीं
बस भरम हमारा, और मन कभी इसे मानता ही नहीं।

मुस्कुराते पलों से पूछा मैंने
तेरी उम्र इतनी कम क्यूँ है
तू आती तो शोर मचाते हुए है
पर तेरा जाना इतना चुप-चुप क्यूँ है।

मुस्कुराते पलों से पूछा मैंने।

तमाम मसले हैं

कभी यूँही बैठे सोचता हूँ कि मैं क्यूँ हूँ?
तमाम मसले हैं और इनमें मैं हूँ।

हर रास्ता इतना धुंधला क्यूँ है
इनमें खोया मेरा हर सपना क्यूँ है
वो ख्याल सारे भूलता जा रहा हूँ
तू साथ है ये सवाल भी ढूँढता जा रहा हूँ
इन खिड़कियो से कभी ख्वाब दिखते थे
मेरे अरमानों के सैलाब दिखते थे
हर सुबह ये धूप कुछ सुनहरी लगती थी
ये हलकी सी रौशनी भी क्या खूब लगती थी।

कभी यूँही बैठे सोचता हूँ कि मैं क्यूँ हूँ?
तमाम मसले हैं और इनमें मैं हूँ।

आज महीनों से सब बंद पड़ा है
बिखरा सा मैं और सब कन्द पड़ा है
ये किस बात पे हँसता था ये भी कोई बताये
ये क्यूँ चहचहाता था ये भी कोई सुनाये
अब यूँही पड़ा मैं खुद पर ही हँसता हूँ
अपनी बेबसी का नज़ारा भर देखता हूँ।

बात बस इतनी नहीं है कि टूट गया हूँ
मैं तो खुद से ही रूठ गया हूँ
क्या करूँ अब, और कहाँ को चलूँ
इन पैरों से ये कब तक कहूँ
अब इनको भी कहना आसान नहीं है
इन्हें भी पता है ये वो इंसान नहीं है।

कभी यूँही बैठे सोचता हूँ कि मैं क्यूँ हूँ?
तमाम मसले हैं और इनमें मैं हूँ।

अपनी ही हालत अब देखी नहीं जाती
नम-नम सी आँखे अब सही नहीं जाती
कुछ उलझा सा, कुछ मुरझा सा गया हूँ
क्या होता था और क्या हो गया हूँ
उसका जाना इतना तोड़ देगा मुझे
मेरी हस्ती को और रौंद देगा मुझे।

बेबसी इन आँखों में लिए खुद को देखता हूँ
एक बार फिर से उठने की कोशिश करता हूँ
हर दिन अपने आप को यही बताता हूँ
घंटो मैं खुद को बस यही समझाता हूँ
अपने व्यक्तित्व को देखने की ख्वाहिश में
खुद से खुद को मिलाने की कोशिश में
हर दिन खुद से ही एक जंग लड़ता हूँ
कभी थोड़ा जीतता हूँ और फिर हार जाता हूँ।

कभी यूँही बैठे सोचता हूँ कि मैं क्यूँ हूँ?
तमाम मसले हैं और इनमें मैं हूँ।

मेरे हिस्से की खुशी

मेरे हिस्से की खुशी अगर मिले तो ला देना
साथ हँसे थे जिस पल में हो सके तो लौटा देना
तुझसे मिलकर लगा था खुद को पा लिया मैंने
खुद से ही रूठी हूँ, खुद को खो दिया मैंने।

क्या हुआ, अब कुछ कह ना सकेंगे
किसी का साथ अब पा ना सकेंगे
कुछ ऐसे रूबरू थे हम दोनो
अब शायद फिर से करीब आ ना सकेंगे।

मिले कुछ मोहलत तो सोचेंगे कभी
मिले जो तुझसे तो पूछेंगे कभी
कोशिश भी कर ली है हमने
खुद को भी समझाया है
अब इस दुनिया में खुद को
कितना अकेला पाया है
कितना अकेला पाया है।

वो खत जो मैने कभी

वो खत जो मैंने कभी पोस्ट नहीं किया
तेरी बेरुखी से लेकर
किस बात पे प्यार आता है
मेरी नाराज़गी से लेकर
क्या है जों मुझे तेरे पास ले आता है
मेरी खामोशियां , मेरी शिकायतें
मेरा इंतज़ार, और वो सारी बातें

हाँ, वही खत जो मैंने कभी पोस्ट नहीं किया।

मेरे सपनो की पूरी दुनिया थी उसमें
बातों का पूरा खजाना था
वक़्त बेवक्त की सारी नाराज़गी
शिकवों का पूरा अफसाना था
जब-जब मिले थे हम कभी
वो सारे अहसास लिखे थे उसमें

जो बातें मैं कहते-कहते रुक गयी
जो तुझे समझाते-समझाते थक गयी
वो सारे पल, वो सारे ख्यालात थे उसमे
हाँ, वही खत जो मैंने कभी पोस्ट नहीं किया।

क्या तुम कुछ ऐसा करोगे

कभी सोचती हूँ कि क्या तुम कुछ ऐसा करोगे
कुछ पल के लिए
यूँ हाथों में मेरा हाथ लिए
कुछ दूर ही सही, पर मेरे साथ चलोगे।

मैं जब भी नाराज़ हूँ,
कोई बात ना करूँ,
ना शिकवे, ना शिकायत,
बस यूँ ही तुमसे दूर चली जाऊँ
उन ख़ामोशियों को समझ पाओगे ?
उन अहसासों को तुम भी महसूस करोगे ?
कभी सोचती हूँ कि क्या तुम कुछ ऐसा करोगे ?

मेरी हर उड़ान में तुम्हारा साथ हो
जब भी मैं कमज़ोर पड़ूँ
तो थामने को तुम्हारा हाथ हो
कभी टूट सी जाऊँ
तो मुझे बिखरने ना देना
अपने प्यार के सहारे मुझे फिर से हौसला देना
वो वक़्त-बेवक़्त अगर ज़रूरत हो तुम्हारी
तो अपनी मसरूफ़ियत से कुछ वक़्त निकाल लेना
मैं कुछ कहूँ इससे पहले तुम ही कह देना
कभी सोचती हूँ कि क्या तुम कुछ ऐसा करोगे ?

तुम्हारे साथ ज़िंदगी ख़ूबसूरत लगे
तुम्हारे पास एक सुकून सा रहे
अपनी दिनभर की थकान के बाद
वो एक प्याली चाय तुम्हारे हाथ से मिले
यूँ ही मुस्कुराते हुए जब भी देखूँ तुम्हें
अपने लिए वो ख़ास होने का अहसास रहे
मैं कितनी भी उदास रहूँ
तुम्हारी आवाज़ फिर से रौनक़ ला दे
तुम्हारी बातों में कुछ यूँ खो जाऊँ
वक़्त का कोई ख़याल भी ना रहे
कभी सोचती हूँ कि क्या तुम कुछ ऐसा करोगे ?

मेरे सपनों की अहमियत तुम्हारी नज़र में हो
मेरे वजूद का एक हिस्सा तुम भी हो
जितना मैं तुम्हें तुममें देखती हूँ
उतना ही तुम मुझे मुझमें पा लो
अगर तुमसे कभी मिलने को कहूँ
तो तुम्हारी तरफ़ से भी मुझे कोशिश दिखे
तुम भी उतना ही आना चाहो
मेरे पास बैठकर वो सुकून के कुछ पल
कभी यूँ ही तुम भी बिताना चाहो
कभी सोचती हूँ कि क्या तुम कुछ ऐसा करोगे?

कभी जब कुछ करने से मन रूठ जाए
खुद को कमजोर पाऊँ और चलना भी मुश्किल हो जाये
कुछ उदास सी, कुछ खुद ही खुद में रहने लगूँ
सब उलझा सा और टूटा-टूटा लगने लगे
तुम हाथों में मेरा हाथ लेना

मुझसे कुछ प्यारी बात करना
मुझे फिर से उम्मीदें देना
सपनों की नयी दुनिया दिखाना
कुछ पल मेरे साथ चलना
तुम साथ हो इसका अहसास दिलाना
कभी सोचती हूँ कि क्या तुम कुछ ऐसा करोगे ?

मेरा परिचय क्या दूँ तुम्हें

मेरा परिचय क्या दूँ तुम्हें
जो तुमसे सँभलता नहीं
शायद वो हूँ मैं
जो तुम्हें भाता नहीं
शायद वो हूँ मैं।

जो तुम्हारे ख़यालों से मेल न खाए
जो तुम्हारे तरीकों में सिमट न पाए
शायद वो हूँ मैं।

मेरी बातें, ये समझदारी
ये थोड़ा ऊँचा उड़ने की चाहत
दूसरों से पहले
खुद को महत्व देना
शायद वो हूँ मैं।

तुम्हारी बातों को मानने से पहले
खुद की बात रखना
जो तुम्हें अक्सर ख़फ़ा कर जाता है
तुम्हारी नाराज़गी का कारण बन जाता है
शायद वो हूँ मैं।

कभी तुम्हें ज़िद्दी सी लगी
कभी तुम्हें अहंकारी सी दिखी
तुम्हारी बात मानूँ तो प्यारी तुम्हारी
और ग़लत तो ग़लत कह दूँ
तो नाराज़गी तुम्हारी।

चुपचाप तुम्हारी "हाँ" में "हाँ" मिलाना
इतना आसान न लगा मुझे
सोचा बहुत, कोशिश भी की
पर वो कर पाना इतना सहज न लगा मुझे।

तुम्हारी बातें सुनती कम हूँ
अपनी बातें कहती ज़्यादा हूँ
तुम जो भी कहो, जो भी समझो
हाँ ऐसी ही हूँ मैं।
हाँ ऐसी ही हूँ मैं।

ये चलती फिरती ज़िंदगी

ये चलती फिरती सी ज़िंदगी, बस झूठ की दुकान है
मैं जो बना फिरता हूँ, क्या यही मेरी पहचान है
हर रोज़ खुद को एक मुखौटे तले छिपाता हूँ
भीतर जो चल रहा है किसी को नहीं बताता हूँ
झूठी मुस्कान लिए, मैं खुद ही इतराता हूँ
इस खोखले से व्यक्तित्व को कितना सराहता हूँ।

तृप्ति मेरी इस बात से हो जाती है
सब कुछ तो है मेरे पास, इस विचार से हो जाती है
कितने भी तूफ़ान इस मन तले दबे हों
कितना भी अन्धकार इन आँखों मे पसरा हो
सोचता हूँ कि जो जैसा है उसे वैसा ही रख दूँ
अपनी सारी बातें किसी से कह दूँ।

पर ये दिखावा, अब जीवन क सत्य बन गया है
हर पल खुद को मुखौटो तले ढकना अब फैशन बन गया है
ये एक बाँध है, जो अब टूटना मुश्किल है
हम जैसे हैं वैसा दिखाना अब नामुमकिन है।

ये चलती फिरती सी ज़िंदगी, बस झूठ की दुकान है
मैं जो बना फिरता हूँ, क्या यही मेरी पहचान है।

हम क्या कर रहे हैं

कभी ये खुद से पूछते हैं, कि हम क्या कर रहे हैं
किसी को रिश्ते के नाम पर क्यूँ बाँध रहे है।

किसी की उड़ान को पिंजरे में कैद करके
किसी की बेबसी को यूँ नरअंदाज़ करके
किसी की चाहतों को सरेआम करके
उसकी खुशियो को यूँ रौंद करके
उससे जीने की हर वजह ले रहे हैं।

कभी ये खुद से पूछते है, कि हम क्या कर रहे हैं
किसी को रिश्ते के नाम पर क्यूँ बाँध रहे है।

कुछ तो सपने उसके भी रहे होंगे
अरमानों की दुनिया उसकी भी होगी
कभी जो निडर था अपनी राहों में
कभी बेफिकी थी अपनी ही बातों में
हँसने की उसको वजह भी ना मिले
फिर भी वो खुश था अपनी ज़िंदगी में
आज यूँ पल-पल वो घुटने लगा है
खुद से ही खुद में रोने लगा है
इन रिश्ते तले अब बिखरने लगा है।

कभी ये खुद से पूछते है, कि हम क्या कर रहे हैं
किसी को रिश्ते के नाम पर क्यूँ बाँध रहे है।

जाने से पहले बहुत लड़ा होगा
ना जाने कितनों से उसने कहा होगा
कोशिश तो की होगी इससे निकलने की
पर समाज की बेड़ियों तले खुद को मजबूर पाया होगा
उसने उसको समझाया तो होगा
अपनी आज़ादी के लिए चिल्लाया तो होगा
पर जब नही सुनी जाती आवाजें
तो उन आवाज़ो को उसने दफनाया भी होगा।

यूँ मर जाने का ख्याल यूँही नहीं था
खुद ही मिट जाने का संकल्प यूँही नहीं था
अब हिम्मत उसमें बची ही नहीं थी
उम्मीद से भी उसको कोई उम्मीद नहीं थी।

कभी ये खुद से पूछते है, कि हम क्या कर रहे हैं
किसी को रिश्ते के नाम पर क्यू बाँध रहे है।

कभी ख्वाहिशों से

कभी ख्वाहिशों से, कभी उम्मीदों से
कुछ ख्वाब लिखता हूँ
कभी अहसासों की, कभी अरमानों की
कुछ बात करता हूँ।

मैं खुद ही अकेला चला जा रहा हूँ
इस बिखरे से व्यक्तित्व को समेटता जा रहा हूँ
कुछ दरिया से बह गये विचार मेरे
मैं धुँधली सी रौशनी भी पकड़ता जा रहा हूँ।

आँखों में शायद चुभने लगा हूँ
आजकल अपनी बातें कहने लगा हूँ
कुछ दौर मुझसे खफा है शायद
अपना वक़्त भी लापता है शायद
कुछ तो खामोशी, मुझमें उतर सी गयी है
एक सिरहन भी मुझको डराने लगी है।

मैं कहीं दूर रास्तों में भटका हुआ सा
अपनी ही दुनिया में चलता हुआ सा
मैंने खुद की शिकायत खुद से ही की है
कुछ लोगों से शायद बगावत भी की है
इंतज़ार लम्बा है पर अफ़सोस नहीं है
फुरसत भी कहती है कि फुरसत नहीं है।

मिलेंगे किसी रोज़ दुनिया से हम भी
करेंगे कुछ बातें परवाह की हम भी
बड़ी बेचैनी इस दिल में सिमर सी गयी है
अब तो ये तकलीफ भी अपनी सी हो गयी है
अब तो ये तकलीफ भी अपनी सी हो गयी है।

कुछ एक बात थी जो सोचता हूँ

कुछ एक बात थी जो सोचता हूँ
कि तुम मिलोगी तो पूछूँगा
जो गलतियाँ की थी मैंने कभी
तुम समझोगी तो मैं सब मान लूँगा।

खूबसूरत थे वो रास्ते सारे
पर हमें ही ज़िद थी कुछ और पाने की
सुकून था उन पलों में मगर
ये ज़िंदगी कहीं और ले चली
अपनी मशरूफ़ियत में मैं तुझे कहीं भूल गया
बहुत दूर निकाल आया तो पता चला कि तू कहीं छूट गया
वापस लौटते भी तो किस मुँह से मगर
तेरे सपनों को हमने यूँ ही तोड़ दिया।

कुछ एक बात थी जो सोचता हूँ
कि तुम मिलोगी तो पूछूँगा।

एक बात जो दिल में ठहरी है
कभी वक़्त मिला तो बताऊँगा
जो बीते लम्हों में खो गया था मैं
तेरी नज़र से खुद को समझ पाऊँगा
कुछ सवाल हैं जो खामोश हैं अब तक
कभी तेरा साया मिला तो कह जाऊँगा

कुछ एक बात थी जो सोचता हूँ
कि तुम मिलोगी तो पूछूँगा।

जो उलझनें बन गई थीं दूरी की वजह
उन धागों को मिलकर सुलझाऊँगा
मैं ग़लत था — ये कहने में देर नहीं
बस तुझे सुनने की गुज़ारिश बाकी है
तू फिर से मुस्कुरा दे एक बार
तो ये दिल सारी सज़ाएँ खुद पे लिख पाएगा।

कुछ एक बात थी जो सोचता हूँ
कि तुम मिलोगी तो पूछूँगा।

एक ख्याल जो...

एक ख्याल जो ख्याल से आ गया
तेरा मुस्कुराता हुआ चेहरा फिर से याद आ गया।

कुछ अधूरी सी बातें, वो बेवक़्त मुलाकातें
एक लम्हा जो हाथों से कबका फिसल गया
चाय की ख़ामोशी में कुछ कहा सा लगा
मेरी इधर-उधर की बातों पे तू हँसने लगा
वो बेमतलब की बहसें, वो शामें बेवजह सी
सब कुछ आज फिर से अपना-अपना सा लगा।

एक ख्याल जो ख्याल से आ गया
तेरा मुस्कुराता हुआ चेहरा फिर से याद आ गया।

कुछ बातें कभी जो तुमने कही थी
जो सुनकर भी मैंने अनसुनी कर दी थी
इन आँखों की नमी जो तुमने पढ़ी थी
कुछ ना कहने की वजह भी मैं थी
कोई भी मुश्किलें हो, कितने भी मसले हो
साथ मिलकर हम रास्ते ढूंढ लेते थे
गम कितने भी हो, तूफ़ान कितने भी आये
साथ मुस्कुराने की हम वजह खोज लेते थे
एक ख्याल जो ख्याल से आ गया।

कभी मिले तो

कभी मिले तो पूछूँगी हाल तेरा
वक़्त के साथ ख्याल तेरा
वो ऊंचे इरादे, समझदारी की बातें
वो दुनियादारी, हमारी मुलाकातें....

कभी देखा तुझे तो कहूँगा दिल की बात
वो बीते लम्हे, तेरी हर सौगात
वो हसीं तेरी, वो मासूम सवाल
वो भीगी सी शामें, वो धूप का ख्याल
अब तुझसे, ना कोई शिकवा रहा
तू मिले, बस इतना सा सपना रहा।

कभी मिले तो पूछूँगी हाल तेरा
वक़्त के साथ ख्याल तेरा।

जब तू था तो बातें कितनी हुई
तेरे बाद वो शामें फिर ना हुई
तू मिलता तो वक़्त कहीं खो सा जाता
तेरी आँखों मे लम्हा सिमट सा जाता
कुछ अधूरी सी बातें, वो भीगी सी शामें
वो रूठना-मनाना, वो ताजी सी यादें
वो हलकी सी धूप, हमारी मुलाकातें
वो बिखरे से पन्ने, वो किताबों की बातें।

कभी मिले तो पूछूँगी हाल तेरा
वक़्त के साथ ख्याल तेरा।

एक मुलाक़ात

कुछ आज एक मुलाक़ात हुई
बातों-बातों में उससे कुछ बात हुई

बीते दिनों को याद करते
मुस्कुराते लम्हो की बात हुई

मैं नज़रे झुकाती, वो देखता सा रहा
आँखों-आँखो में बहुत कुछ कहने लगा

रास्ते अपने एक हो ना सके
मैं साथ चलता मगर हम चल ना सके....

तू मुझे किताब सा लगा

तू मुझे एक किताब सा लगा
जिसे कितना भी पढ़ लूँ कम सा लगा
हर शब्द कुछ ख्याल सा लगा
मुस्कुराता हुआ एक ख्वाब सा लगा।

तेरी पनाह में सुकून ही सुकून है
तेरी बातों में अपनापन सा है
कभी मुश्किलें आयीं तो तूने हाथ थाम लिया
कभी परेशान हुई तो तूने हौसला दिया।

मेरे एक बार कहने से, मेरा कहना मान लेना
कभी नाराज़ हुई तो बस मुझे मनाते रहना
बातों-बातों में मेरी परवाह करना
मेरी आँखों मे देखना और बस मुस्कुरा देना।

ये कुछ अच्छे नसीब थे कि हम साथ हैं
एक दूसरे का गम बाँटते और इतने पास हैं
आज भी वो मन्नत संजोयी है तूने
तुझे मांगा था रब से, ये याद है तुझे।

तुझे देखती हूँ तो एहसास होता है
तू मेरे पास है और पास होता है।

इन आँखों को जैसे एक आदत सी है
तेरे होने से दुनिया खूबसूरत सी है
तू मुझे एक किताब सा लगा
जिसे कितना भी पढ़ लूँ कम सा लगा।

किताबों की दुनिया अच्छी लगी

किताबों की दुनिया अच्छी लगी
मैं उनसे बस सीखती ही गयी।

मेरे हमदर्द बने, मेरे सलाहकार बने
मेरे अनकहे पलों के राज़दार बने

दोस्ती उनसे अब बेहतर लगी
घंटो मैं उनमें खोने लगी
देखते-देखते वक्त कहीं खो सा गया
अब इन्हें पढ़ना हर रोज हो गया।

यूँ पढ़ते-पढ़ते इन्हें, कब ये मुझमें जीने लगे
बात-बात पर मुझे समझाने लगे
एक बेहतर दोस्ती इन किताबों ने सिखाई
जिंदगी खूबसूरत है ये बात भी बताई

किताबों की दुनिया अच्छी लगी
मैं उनसे बस सीखती ही गयी।

सारी शिकायतें छोड़ दी

कुछ माँगने की आदत छोड़ दी
अब हमने सारी शिकायतें छोड़ दी।

तू रख ले अपना वक़्त अब दरकास् नहीं
इस प्यार के लिए कोई अरदास नहीं
इतना कहने पर अगर कुछ मिलता है
अब हमें उसकी कोई आस ही नहीं।

मैं काफी हूँ खुद के लिए
मैं जरूरी हूँ खुद के लिए
सीखना है मुझे खुद के साथ रहना
खुद को संभालना है और क्या करना
थक गया हूँ हर रोज़ तुझे समझाने से
अब तू चला जा बस किसी बहाने से।

मैं अपनी ही महफ़िल को रोशन करूँगा
खुद से ही बातें और ज़श्न अपने साथ करूँगा
आज नहीं तो कल ये रिवायत भी होगी
तुझे मुझसे कुछ तो शिकायत भी होगी।

अब मुझे भी तेरी कोई परवाह नहीं
मैं जा तो रहा हूँ पर कोई राह नहीं
लड़खड़ाए पैर अगर तो खुद ही उठूँगा

तू लाख कोशिश भी करे पर तुझसे ना कहूँगा।

कुछ माँगने की आदत छोड़ दी
अब हमने सारी शिकायतें छोड़ दी।

तेरी सोहबत में वो बात कहाँ

तेरी सोहबत में वो बात कहाँ
जो मैने खुद की सादगी में पाया है
तेरी हस्ती में वो अहसास कहाँ
जो मैने खुद के रूबरू आजमाया है।

मेरी दुनिया कुछ मुक़्तलिफ़ सी थी
मेरे ख्वाब तुझसे जुदा से थे
मेरा ख्याल भी कुछ बेफिक्र सा था
मेरा ख़्यालात भी कुछ मख़सूस से थे।

कुछ देर बैठते कभी तूने इतनी भी अहमियत खो दी
तेरे साथ क्या चलते तूने हर ताज़ीम खो दी
वो वक़्त भी गया
वो एहतियात भी गया
वो बीते लम्हो का इंतज़ार भी गया
समझते तुझे वो ख्याल भी गया।

कुछ इसी फिराक में, मैं खुद से मिल गया
अहसास हुआ कि, हाँ मैं कितना बदल गया
हाँ मैं कितना बदल गया।

आज-कल मेरी बात नहीं होती

आज-कल मेरी बात नहीं होती
मेरी मुझसे ही मुलाक़ात नहीं होती।

अपने ही विचारों से कितनी अनजानी
अपने ही प्रश्नों के भ्रम की कहानी
रात आयी सवेरा हो गया
प्रश्न क्या था और क्या हो गया
अंतहीन विचारों का पहरा हो गया।

लिखती तो मैं भी कभी थी
अपनी भावनाओं को
ये इतने दिनों से मुझे क्या हो गया
कभी-कभी इन पलकों से अश्रु गिर जाते हैं
गिरे तो क्या हुआ वो मोती भी तो बन जाते हैं
इन बिखरे हुए मोतियों को कुछ संजोया है
पाया तो कुछ नही बस खोया ही खोया है।

आज-कल मेरी बात नहीं होती
मेरी मुझसे ही मुलाक़ात नहीं होती।

चलने का दौर जारी है

कुछ उम्मीद से परे हम चलते रहे
कुछ किस्मतों से दाँव खेलते रहे
मुश्किलों भरा रास्ता था
धुँधली सी मंजिल थी
जितना भी दिखा बस हम चलते रहे।

कभी उम्मीद की रौशनी साथ देती
कभी बस निराशा हाथ लगती
मौके भी दूसरों ने खूब लिए
कभी थक से गये, कभी रुक से गये।

कोशिशों का दौर चलता रहा
हम भी गिरकर संभालते रहे
वक़्त ने साथ दिया कभी
कभी लोगों के ताने सुनते रहे।

मुश्किलें हज़ार मिलती रहीं
तकलीफों में कारवां बढ़ता रहा
किससे कहते अपने जख्म
सुनने सा कोई मिल ना सका।

बात इतनी नहीं की खामोश हूँ मैं
मुझमें ख्वहिशों का समंदर है
कभी कोशिशों में दिन जाता है
कभी रात सपने बुनता है।

रास्ता बड़ा मुश्किल है
मंजिल अभी धुँधली सी है
कोई साथ दे ना दे
चलने का दौर जारी है
चलने का दौर जारी है।

मेरी खामोशी

मेरी खामोशी मेरी कमजोरी नहीं
मेरा कुछ ना कहना अल्फाज़ो की कमी नहीं

आज फिर से तेरे तसव्वुर में हम बिखर गये
क्या कहें खुद से ही तन्हा हो गये

तेरे मिलने से मिलती है दुनिया हमें
तेरी आँखों में दिखती है खुशियाँ हमें

इन ख्वाबों को तेरी आदत सी हो गयी
हमे क्यों आपसे इतनी मोहब्बत हो गयी।

हमें भी जिद है आसमानों की

कोशिश तो बहुतों ने की हमे गिराने की
पर हमें भी जिद है आसमानों की।

ऐसा नहीं कि टूटे नहीं
पर आदत है संभल जाने की
मंज़िल मिले ना मिले, किसको फ़िकर है
हमें तो रास्ते भी खूबसूरत लगते हैं।

ना जाने कितनी ठोकरें मिली
पर उन्हें भी भूल नहीं पाते हैं
शायद इसी का सबब है,
कि जो मिला उससे शिकायत नहीं है।

कोशिश तो बहुतों ने की हमें गिराने की
पर हमें भी जिद है आसमानों की।

काश मेरे पापा होते

अक्सर एक ख्याल ज़हन मे यूँही आता है
कि काश मेरे पापा होते।

कभी टूटती तो वो मुझे संभाल लेते
मेरी इन नम आँखो को
मेरे बिना कुछ कहे ही पहचान लेते
कभी खुद को निराश पाती
तो वो मेरे साथ खड़े होते
काश मेरे पापा होते।

खुद के सपनो के लिए इतनी कश्मकश न होती
खुद को इतना बेबस और लाचार ना पाती
हमेशा एक उम्मीद उनकी आँखों मे देखती
खुद के ऊपर उनका विश्वास देखती
रास्ते इतने बिखरे ना होते शायद
कोई समझे, ना समझे वो मेरे पास होते शायद
काश मेरे पापा होते।

मेरी बातें जो सहज होकर भी
सहज नही लगती
मेरे रास्ते तो अखरते है सबको
मेरे ख्याल कम मिलते है सबसे
मेरे सवाल चुभते से है सबको

कई बार खुद को ही दोष देती हूँ
कई बार खुद से ही नाराज़ होती हूँ
किसी को समझाऊ तो समझाऊ कैसे
मैं हूँ ! कि खुद को ही लाचार पाती हूँ।

अक्सर एक ख्याल ज़हन मे यूँही आता है
कि काश मेरे पापा होते।

(In memory of my father)

तू प्यार की छाँव सी

तू प्यार की छाँव सी
मेरे सपनों के उड़ान सी
कभी मुस्कुराती मेरी बातों पर
कभी कुछ-कुछ नाराज़ सी।

मैं दूर कितना भी रहूँ
तेरी परवाह हमेशा होती है
मैं तुझसे कुछ भी ना कहूँ
तेरी याद सदा होती है।

कभी डांटकर, कभी प्यार से
मेरे बालों को कुछ यूँ सुलझाना
कोई समझे ना समझे
मुझ पर तेरा एक विश्वास होना।

मेरी सफलता पे नाज़ करना
मेरे दुखों को अपना समझना
मेरे आत्मविश्वास को बढ़ावा देना
मुझे कई बार अपने आँचल में समेट लेना।

वो आँखो की चमक तेरी
मेरे रास्ते आसान कर देती है
तेरा मुझसे बस ये पूछना, "बेटा ठीक तो है ना।"
मेरे सपनो को एक नयी उड़ान दे देती है।

खुद की तारीफे जब तुझसे सुनती हूँ
खुद के ऊपर एक अटूट सा विश्वास होता है
खुद के ऊपर एक अटूट सा विश्वास होता है।

(In memory of my mother)

कुछ तो हालात ऐसे है

कुछ तो हालात ऐसे हैं
कुछ तो बात ऐसी हैं
खुद से क्या कहें अब
मुड़कर किसे देखेँ हम

ये कोशिशें, ये चाहतें
ये नाराज़गी खुद से
ये धुँधली सी मंजिल
ये खोये से रास्ते
ये चलने की जिद
ये लड़खड़ाते से फासले
ये उम्मीद की नाँव
ये डूबते से काफिले।

कोई तो सफर मे ऐसा मिले
कुछ तो साथ, साथ सा लगे
थक कर यूँ कहीं बैठ से हम
अपनी बेबसी में बिखरे से हम

तलाशें क्या, अब ऐसी बात ना रही
कुछ बेहतर हो, ये आस ना रही
नमी इन आँखों की चुपचाप सी रह गयी
टूटी सी मैं, एक काश में रह गयी।

कुछ तो हालात ऐसे हैं
कुछ तो बात ऐसी हैं।

खुद से बात होने लगी

एक रोज़ बैठे-बैठे यूँही
खुद से बात होने लगी
खुद के ही सपनो की
दरकास होने लगी।

एक उड़ान जो आँखों में
जाने कब से लिए थे
उन कोशिशों की आज फिर से
परवाह होने लगी।
मिले मुझे भी कुछ सुकून के पल
इस पर भी दिल की अरदास होने लगी
आज यूँही बैठे-बैठे खुद से
बात होने लगी।

उसने कहा मैं साथ हूँ तेरे
तू चल जहाँ को जाना है
तेरे हौसले बुलंद करूँगा
तू बता तो क्या करना है
उम्मीद तू खुद से रख
छोड़ दूसरों की निगाह को
इन ख्वाब की सिलवटों में सिमट जा
बढ़ा कदम तू, अपने मुकाम को
कोई तेरा हो ना हो

में तो तेरे साथ हूँ।

एक रोज़ बैठे-बैठे यूँही
खुद से बात होने लगी
खुद के ही सपनो की
दरकास होने लगी।

मैं जितना भी ठीक करूँ

मैं जितना भी ठीक करूँ
ये सब उलझता जाता है
मैं कितना भी समझूँ और समझाऊँ
ये वक़्त फिसलता जाता है।

ऐसा लगता है कुछ तो नाराज़ है मुझसे
कितनी भी मैं कोशिश करूँ
सब परेशान हैं मुझसे
इस अजीब सी कश्मकश में
इन रेत भरे रास्तों में
एक उदासी हर तरफ फैली है
मैं किसी से क्या मिलूँ
बस नाराज़गी ही नाराज़गी बिखरी है।

सबब ये नहीं, कि क्या करूँ अब
सबब ये है, कि कितना करूँ अब
हर पल मैं खुद से ही दूर हो रही हूँ
ऐसा लगता है, बंद आँखों में भी रो रही हूँ।

क्या किया मैने, ये सवाल खुद से होता है
वक़्त बदलेगा भी, ये ख्याल हर पल होता है
जो सपने इन आँखों मे कभी सांस लेते थे
जो इरादे कभी मुझसे अपनी बात करते थे

आज वही कितने खामोश से है
सब समझते हैं, इसीलिए चुपचाप से हैं।
इसीलिए चुपचाप से हैं।

मैं बहुत दूर हो गया

मैं मेरे ख्याल से बहुत मजबूर हो गया
मिलता क्या खुद से, मैं बहुत दूर हो गया
जैसे रेत ही रेत पसरा हो जहान में
मैं प्यासा ही रहा और यही दस्तूर हो गया।

कुछ कहता तो सबकी नज़र में गलत हो गया
अपनी बात रखना मेरा ही क़ुसूर हो गया
कभी तलाशता खुद को तो वो वक़्त खो गया
कभी मिलता खुद से, तो वो लम्हा फिसल गया
मेरा चुप रहना किसी को ना दिखा
कुछ कहा तो वो सबको दिख गया।

बात अपनी करूँ, तो करूँ किससे
समझें कोई मुझे, ऐसे मिलूँ किससे
मैं नाराज़ नहीं, ये वक़्त ही नाराज़ है
मैं क्या करूँ, ये मौसम कुछ उदास है
एक बिखराव, एक बेबसी जैसे साथ हो गयी
धुंधले से रास्ते, खोयी सी मंजिल बस पास रह गयी।

शायद मैं यहीं कहीं था

जल्दी से वो लिफाफा दे देना मुझे
शायद कुछ लिखा हो उसने
वक़्त कितना हो गया इंतजार में
शायद कुछ कहा हो उसने।

हर रोज़ की टक-टकी, शायद उसने भी देखी हो
मैं यहीं बैठा हूँ, शायद यही सोचा हो
कब से इन आँखों में तेरा चेहरा यूँही है
कब से तुझसे मिलना है, ये सवाल यूँही है।

कितने भरम में रहा था मैं
कितना चुपचाप सा हो गया था मैं
वो तलाशता मुझे, मैं कहीं खो सा गया था
वो ख्याल उसका, शायद मैं यहीं कहीं था।

उनकी दुनिया में हम

उनकी दुनिया में हम बड़े मजबूर से लगे
वो साथ तो थे पर दूर से लगे
कहते क्या उन्हें अपने अन्तरमन की बातें
वो नासमझ बड़े मगरूर से लगे।

मैंने खुद को कोपलो सा समेट लिया
उनकी तरफ बढ़ते रास्तों को रोक लिया
हर तरफ एक जद्दोजहद हो गयी
वो सुनते मुझे, मैं खामोश हो गयी।

अब मिलना शायद हो ना कभी
वो दूरियाँ भी बड़ी दूर हो गयी
गिरता गया वो आँखों से मेरी
खोता गया इन राहों से मेरी
मैं मुझसे मिलकर खुशमिजाज सी लगी
अपनी ही दुनिया में आबाद सी लगी।

ये वक़्त यूँही फिसल गया

कुछ इसी कश्मकश में रह गया
समझता भी क्या, कुछ समझना भी रह गया
साथ चलते-चलते कुछ यूँ लगा मुझको
मैं कितना खुद को तोड़ता चला गया।

बात अपनी किससे करता मैं यहाँ
वो किसी का मिलना ही रह गया
चाँद तारे जो भी थे, वो दूर थे
मेरे हिस्से कुछ सुकून आना रह गया।

बारिशें हुई तो बहुत थी उस दिन
कुछ बूंदो का मुझपे गिरना ही रह गया।
मैं निभाता क्या ये दुनिया के रस्म सारे
मेरा मुझसे निभाना ही रह गया।

बात मेरी भी करे कोई यहाँ
ये सोचना भी अब फ़ज़ूल हो गया
चल पड़ा अपने ही रास्तों पर मैं कहीं
रौशनी का आना भी तो रह गया।

कोशिशें करने की मैंने क्या सोची
मुश्किलों में वक़्त सारा थम गया
कुछ रोज़ बैठे यूँही तन्हा हम कहीं

ये वक़्त भी मेरा युहीं फिसल गया
ये वक़्त भी मेरा युहीं फिसल गया।

कुछ इरादे फ़िक्र में

कुछ इरादे फ़िक्र में हम जलते रहे
कुछ उनसे बात हम करते रहे
वो खफा हैं जाने कौन सी बात पर
समझकर भी नासमझ बनते रहे।

वो वादा हमसे करके मुकरते रहे
ये झूठ उनकी आँखों में देखते रहे
क्या करें कुछ हौसला कर ना पाये
बेबसी पर बस अपनी हँसते रहे।

रेत ही रेत फैली थी वहाँ
समन्दर तो था पर प्यास थी वहाँ
कुछ मुक़म्मल हो ये इरादा भी था
कुछ बेहतर हो ये इंतज़ार भी था।

पर उम्मीद के रास्ते मुश्किल हो गए
सब्र के बांध अब टूटने लग गए
कुछ कहें हम ये ख्याल भी ना रहा
कुछ ठीक हो ये एहसास भी ना रहा।

कुछ इरादे फ़िक्र में हम जलते रहे।

एक पुरुष

एक पुरुष, जिनसे ज़िम्मेदारियां बाँध दी हमने
एक पुरुष, जिनसे हर उम्मीदें साध ली हमने
एक पुरुष, जो परिवार के आगे कभी झुक गया
एक पुरुष, जो अपने सपने कभी खुलकर कह ना सका।

उसके भी कुछ अरमान थे कभी
कुछ रास्ते उसने चुने थे कभी
वो निकलता कभी उनकी तलाश में
वो चलता कभी खुद की फिराक में।

ये जिम्मेदारियों की तख्ती लटका दी हमने
ये जरूरतें भी सारी गिना दी हमने
तेरे खुद के सपनों का इतना वजूद नहीं है
तेरे ख्वाहिशों की इतनी उम्र भी नहीं है।

खुद से पहले सबका तू सोच
हमारा कौन है ये भी तो सोच
तू हमारा सहारा, हमारी ज़िंदगी है
तू हमारे लिए, बस हमारी खुशी है।

भावनाएँ उसकी अनदेखी सी हो गयी
चाहतें भी शायद कहीं दब सी गयी

शायद उन आँखों मे आँसू भी थे
मगर वो किसी को नज़र ना आये थे।

अपने ही अंतर्मन से एक द्वन्द चल रहा था
खुद को कितना बेबस और लाचार पा रहा था
फिर भी वो हरपल हिम्मत जुटाता
कितना भी टूटा था, पर कुछ ना जताता।

ये करना उसका उसे कठोर बना गया
संवेदनाएँ कम है ये हमने बता दिया
एक पुरुष।
एक पुरुष।

अब क्या कहूँ...

अब क्या कहूँ, कुछ तो बात नहीं
शिकायत भी क्या करूँ, वो हालात नहीं
आजकल मैं खुद को ढूढ़ने में खोया हूँ
तू कहाँ है, मुझे तो ये भी याद नहीं।

शायद मैंने खुद से कुछ बात की थी
तुझसे दूर ही रहूँगा ये दरकास की थी
मेरा नहीं है, अब मुझे गम भी नहीं है
बात इतनी भी नहीं, चलो कोई बात नहीं है।

जमाने लगे थे यूँ फिर से साथ आने में
अब वक़्त लगेगा, मुझे खुद को पाने में
अब कुछ और की गुंजाईश नहीं रही
मैं चलता तो साथ, बस अब वो ख्वाहिश नहीं रही।

अब क्या कहूँ कुछ तो बात नहीं
शिकायत भी क्या करूँ वो हालात नहीं।
वो हलात नहीं।

नज़र

हमने अपनी नज़र को कुछ यूँ समेट लिया
तकते रहे वो हमको
हमने मौका भी ना दिया
जाते-जाते हमसे बड़ी उम्मीद थी उनको
देखना तो दूर, हमने इशारा भी ना समझा।

एक शख्स

आजकल मेरे रूबरू एक शख्स रहता है
बातें कम बस मुझे देखता रहता है
कई बार उसे देखकर अनदेखा कर देती हूँ
पर लगता है वो खबर मेरी पूरी रखता है।

आजकल मेरे रूबरू एक शख्स रहता है।

ख्वाब

कुछ इस तरह ख्वाबों को ख्वाहिशों में पिरोया है
तुम मिले तो ठीक नहीं तो ये सपना है खुद को समझाया है

कुछ ऐसे मुकाम पर खुद को पाता हूँ
आजकल दूसरों को देखकर मुस्कुराता हूँ

हर रोज़ का अहसास अब रास नहीं आता
किसी का पास होना अब मुझको नहीं भाता

मिले कुछ पल मुझको भी कभी
सोचता तो हूँ पर यकीन नहीं आता।

कभी सोचती हूँ

कभी सोचती हूँ की तुम पर एक किताब लिखूँ
कुछ अपने मन की, तो कुछ तुम्हारी बात लिखूँ।

जो बाते कभी तुमने यूँहीं कही थी
वो ख्वाहिशें जो बस मैंने सुनी थी
वो खुशियों के बहाने, वो भीगी सी शामें
वो इंतज़ार मेरा, वो बेवजह सी यादें
कुछ कदमों का यूँहीं साथ चलना
मेरे पास होकर बस मेरा ही होना।

कई बार कितनी कहानियाँ इस मन मे होती हैं
कुछ अधूरी सी तो कुछ बस ज़हन मे घूमती हैं
कुछ बातो को शब्दों में ढाल दूँ
हर एक पन्ने को उसकी पहचान दूँ
कुछ बातें जो बस बेवजह हो गयी
कुछ शिकायतें जो इस दिल से निकली
तो सोचा, कुछ को उनका मुकाम दूँ
चलो कुछ जज़्बातों को इस किताब का नाम दूँ।

कभी सोचती हूँ की तुमपर एक किताब लिखूँ
कुछ अपने मन की, तो कुछ तुम्हारी बात लिखूँ।

इत्तेफ़ाक़

कुछ इत्तेफ़ाक़ सी, कुछ इंतज़ार सी
ये ज़िंदगी कुछ अनकहे ख्याल सी

कभी सोचती सी, कुछ कहती सी
भीगे-भीगे कुछ अहसास सी

कभी अपनी कहती, कभी मेरी सुनती
हर रोज़ कुछ नयी उड़ान सी

रेत में बिखरी, खोयी बेवजह सी
कभी मुस्कुराती, कुछ परेशान सी

कभी साथ चलती, कुछ परवाह सी
ये ज़िंदगी हर रोज़ कुछ नये ख्वाब सी।

कुछ यूँ मेरे पास है तू

कुछ खुशनुमा ख्याल से
मेरे अधूरे ख्वाब से
कभी रेत में बारिश की तरह
कभी सुबह की नींद की तरह
कुछ यूँ मेरे पास है तू
कुछ यूँ मुझसे दूर है तू।

इत्मीनान से कहीं पहाड़ो में बैठी
तेरी याद इन साँसों में सिमटी
कुछ भीगी-भीगी शाम सी
कुछ महकते गुलाब सी
इन आँखों में बंद कुछ अनकहे ख्वाब सी
कुछ अधूरी सी बातें, कुछ खोयी-खोयी मुस्कान सी।

कुछ यूँ मेरे पास है तू
कुछ यूँ मुझसे दूर है तू।

आँखों ने आँखों से

आँखों ने आँखों से आँखो में क्या कह दिया
बैठे-बैठे हमें मुश्किलों का सबब दे दिया
अब नज़रें उनसे हर रोज ही मिल जाया करती थीं
आँखों-आँखों में ना जाने कितनी बातें हो जाया करती थीं।

वो परवाह भी आँखों से जता देते थे
हम हाल भी आँखो से बता देते थे
ये आँखे हम दोनो के बीच इतनी मजबूत हो गयी
नज़दीकियां कितनी है ये भी जताने लगी।

मैं परेशान होती तो नज़रे उनकी सहारा देती
मैं साथ हूँ तुम्हारे ये कहने में देर ना करती
जब चुपचाप खामोशी से मैं बात मान लेती
एक मुस्कुराहट भरी नज़र मुझे नज़र भरकर देखती।

अब हर रोज़ ये आँखे उनकी आँखों को तलाशती
अगर वो पास आते तो ये शर्म से लाल हो जाती
ये आँखों-आँखो की बातें बड़ी लम्बी चली
फिर शब्दों ने इनकी जगह ले ली
फिर शब्दों ने इनकी जगह ले ली।

अब रहने दो

मुझे मेरी बेफिक्री मे रहनो दो
मुझे मेरी खामोशी मे जीने दो
ये समझदारी अब रास नही आती
ये दुनियादारी मुझे कुछ खास नही आती।

मैं जो हूँ, जहाँ हूँ मुझे रहने दो
ये उम्मीद भरे सपने अब और मत दो
मैं खुद तय करूंगा अपना कारवां
तुम साथ चलने के वादे अब रहने दो।

तुम साथ चलने के वादे अब रहने दो।

चलो एक नये शहर चलते हैं

चलो एक नये शहर चलते हैं
कुछ नई बात करते हैं
कुछ नये लोगो से मिलकर
कुछ नये अफसाने लिखते हैं
चलो एक नये शहर चलते हैं।

ये पुरानी बस्ती अब बंजर सी लगती है
कितना भी वक़्त दूँ, एक घुटन सी रहती है
कुछ लम्हा इन हाथों से फिसल सा गया है
वो वादा, सब इरादा अब धुंधला सा गया है।

मेरा ख्याल अब मुझसे ही नही रखा जाता
कोई साथ है अब मुझे ही नही भाता
ये रिवायत, ये फिकर, सब झूठे से लगते हैं
अब तो यहाँ के लोग भी मुझे अजनबी से लगते है।

चलो एक नये शहर चलते हैं।

कुछ नया कहेंगे, कुछ नया लिखेंगे
अपनी मरुफियत को एक नयी पहचान देंगे
कुछ नयी किताबें, कुछ नये किस्से
कहीं फुरसत से बैठे कुछ नये ख्वाब बुनेंगे।

इस बार किसी से तकल्लुफ ना होगी
बस खुद की चाहत और कुछ दरमियां ना होगी
कुछ नयी उम्मीदें, कुछ नयी उचाईयाँ होगी
इस बार मेरी दुनिया खुशमिज़ाज़ होगी।

बात अपनी करूँ तो मैं अब वो तो नही हूँ
कुछ सोच बदल ली है, कुछ और बन गया हूँ।

चलो एक नये शहर चलते हैं
कुछ नई बात करते हैं
कुछ नये लोगो से मिलकर
कुछ नये अफसाने लिखते हैं
चलो एक नये शहर चलते हैं।

हम आज़ाद हैं आखिर किससे ?

हम आज़ाद हैं आखिर किससे ?
क्या बस अंग्रेजों को भगा देना ही आज़ादी थी
या उस सोच को भी भगाना था
जो आज भी हमें कैद किये हुए है।

वो जंग जो हमारे क्रांतिकारियो ने लड़ी
अपने खून, अपने परिवार, अपने सपनों की कीमत पर
क्या वो बस अंग्रेजो से मुक्ति की लड़ाई थी
या उससे कहीं ज्यादा बड़ी थी।

हम आज़ाद हैं क्या अपने ही ख़यालों से
हम आज़ाद हैं क्या अपनी ही मान्यताओं से
हम आज़ाद हैं क्या उन बंदिशो से
हम आज़ाद हैं क्या उस जात-पात और धर्म की दीवाल से
जो हमने खुद ही अपने लिए बना ली।

अगर सच में आज़ादी है
तो क्यों कोई लड़की रात में बेखौफ़ चल नहीं सकती
क्यों कोई बेटा-बेटी सपने देखने से पहले अपने हालात तोलता है
क्यों आज भी जाति-धर्म के नाम पर रिश्ते टूट जाया करते हैं
क्यों आज भी कोई सवाल पूछे तो हम
उसे ही सवालों के कटघरे में खड़ा कर देते हैं।

क्या इसी आज़ादी के लिए
हमारे क्रांतिकारियों ने फांसी के फंदे तक चूम लिए।

नहीं, वो तो चाहते थे
एक ऐसा देश जहाँ हर इंसान
सच में आज़ाद हो
आज़ादी बोलने में हो
आज़ादी सोचने में हो
आज़ादी हक माँगने में हो
आज़ादी हक देने में हो।

हम सच में आज़ाद तब होंगे,
जब हमारे भीतर कोई डर न हो
कोई भेद ना हो
कोई छोटा या बड़ा ना हो
कोई ऊंचा या नीचा ना हो।

जब हर कोई कह सके
हाँ, अब मैं आज़ाद हूँ
अपने ही बनाये डर से
दिवारों से, सोच से
वही सच्ची आज़ादी होगी
जिसे हर दिन हम जीकर देखेंगे
जिसे हर दिन हम जीकर देखेंगे।

सरहदों में दरारें कितनी बढ़ गई

सरहदों में दरारें कितनी बढ़ गई
नफ़रतों की भेंट इंसानियत चढ़ गई
दर्द के मंज़र कुछ इस तरह दिखे
दूर बैठी आँखों में भी आँसू आ गए।

कुछ तड़पते रहे, कुछ सिसकते रहे
अपनी हालत पर वो बस रोते रहे
इंसानियत फिर से लाचार सी दिखी
तरक्की की चकाचौंध बर्बाद सी दिखी।

वो चीखते रहे और हम कुछ ना कर सके
उनकी बेबसी पर बस शर्मिंदा से रहे
बस शर्मिंदा से रहे।

(Written on the tragic incident of Pahalgam)

तिरंगे में लिपटकर...

जहाँ सुबह होती है गोलियों की आवाज़ से
जहाँ लड़ते है वो अपनी शान से
ना शिकायतें, ना थकान
अपनी हर साँस करते वो देश के नाम।

उनके लिए युद्ध सिर्फ़ लड़ाई नहीं
वो अपने वजूद को मिटा रहे
ताकि हम चैन से साँस ले सकें
और तिरंगा सदा लहराता रहे।

कुछ नहीं चाहिए उसे... ना तालियाँ, ना मंच
बस ये दुआ कि देश सलामत रहे।

सलाम है उन रक्षकों को
जो मौत से आँख मिलाकर भी मुस्कुराते हैं
वो ज़िंदा रहते हैं सिर्फ़ देश के लिए...
और मर भी जाएँ, तो तिरंगे में लिपटकर अमर हो जाते हैं
तिरंगे में लिपटकर अमर हो जाते हैं।

खामोश पहाड़ सिसकने लगे

खामोश पहाड़ सिसकने लगे
नदियों के बहाव टूटने लगे
रास्ते जो सुकून का घर हुआ करते थे
वो टूटकर बिखरकर चीखने लगे।

घर के आँगन अब खाली हो गये
ख्वाब सारे माटी हो गये
वो बच्चों की हंसी, खेलना उनका
सब कुछ पानी-पानी हो गये।

पेड़ों की शाखें डर सी गयी
फूलो की खुशबु लुट सी गयी
दरख्त जहाँ छाव पनपती थी कभी
बारिश की हर बूँद कोहराम हो गयी।

चमकीला सा आसमान भी ग़मगीन हो गया
वादियों मे बस दर्द का संगीत रह गया
पर उम्मीद की रौशनी कही दिख रही है
हम फिर से सँवारेंगे ये बस्ती कह रही है।

(Written on the tragic incident of Uttarakhand, 2025)

किसी मोड़ पर मिलोगे

किसी मोड़ पर मिलोगे ये यकीन था हमको
फिर साथ चलोगे ये तक़रीर था हमको।

कुछ तो अधूरा था हम दोनों के दरमियाँ
कुछ तो रह गया था हम दोनों का कहना
कुछ थीं मुलाकातें जो मुकम्मल नहीं हुई
वो शाम भी कुछ अधूरी-अधूरी सी रह गयी।

मेरी आँखे तुझे देखती तो इन्हें गुमा होता था
तेरी खामोशियों में भी कुछ बयां होता था
हम कुछ यूं मिलेंगे ये इत्तेफ़ाक़ भी ना था
कुछ यूं करीब आएंगे ये ख्याल भी न था।

किसी मोड़ पर मिलोगे ये यकीन था हमको
फिर साथ चलोगे ये तक़रीर था हमको।

मैं कितना अजीब हूँ

अजीब बात है, मैं कितना अजीब हूँ
दूसरों को समझता नहीं, मैं कैसा व्यक्ति हूँ।

कुछ भी हो हर किसी को समझना जरूरी है
जो उन्हे भाये वो सारी बातें करना जरूरी है
जो जैसा है उसे वैसा ही स्वीकार लो
अगर खुद को भी बदलना पड़े तो
पूरा व्यक्तित्व ही बदल लो।

अजीब बात है, मैं कितना अजीब हूँ।

हर रोज़ कोई न कोई बस यही बताता है
मुझे बस मेरी ही खामियाँ गिनवाता है
हर किसी को स्वीकारो ये तो ठीक है
लेकिन मुझे स्वीकारने में सबको इतना खौफ क्यों आता है
हर किसी के लिए शायद बोझ बन गया हूँ
खुद को बदलते-बदलते अब थक सा गया हूँ।

मुझे लगता है अब खामोश ही रहूँ
बात कुछ भी हो अब कुछ ना कहूँ
उम्मीद के बादल भी अब बरसने से रहे
अपनी ही दुनिया में हम बहुत मजबूर से लगे
मेरा कौन है, मुझे याद ही नहीं

मैं भी हूँ, कुछ अहसास भी नहीं
इस जीवन से कोई सरोकार ही नहीं
ऐसा लगता है, मेरी कोई पहचान नहीं।

अजीब बात है, मैं कितना अजीब हूँ
दूसरों को समझता नहीं, मैं कैसा व्यक्ति हूँ।

कोई अफ़सोस नहीं है

कुछ खूबियाँ मुझमें भी थीं शायद
इस भरम का अहसास हुआ
इस टूटते व्यक्तित्व पर
मुझको भी अफ़सोस हुआ।

मैं कुछ भी नहीं, मेरा कुछ भी नहीं
मैं क्या कहूँ अब अल्फाज़ भी नहीं
यूँही निकल पड़ा अपने ही रास्तों पर
कुछ साथ है ये भी ख्याल नहीं।

ये रास्ते, ये तन्हाइयां, ये खोयी सी मंज़िल
लो निकल पड़े ना जाने किस ओर हम
ना-उम्मीदी की चिराग इन हाथों में लिए
बस अंधेरा ही अंधेरा इन आँखों में लिए
मुकद्दर से मुझको लड़ना नहीं है
मैं अकेला हूँ ये कहनें में अब कोई अफ़सोस नही है
कोई अफ़सोस नही है।

एक नया चेहरा

सोचता हूँ एक नया चेहरा ले लूँ
खुद भी ना पहचान सकूँ
कुछ ऐसा व्यक्तित्व ओढ़ लूँ।

जिसका अपना कोई आकलन ना हो
जिसका अपना कोई वजूद ना हो
जो बस सबकी मर्जी का हो
उनके हिसाब से चले
उनके हिसाब से मुस्कुराये
उन्हे लगे मैं उन जैसा हूँ।

सोचता हूँ एक नया चेहरा ले लूँ।

चेहरे पे चेहरा बदलता चलूँ
खुद को दूसरों सा करता चलूँ
मैं क्या चाहता हूँ, ये सवाल ना हो
मैं कौन हूँ, ये गूँज भी ना हो।
मैं खुद से खुद को छिपा लूँ इस कदर
मेरी पहचान भी कोई पहचान ना हो।

सोचता हूँ एक नया चेहरा ले लूँ
खुद भी ना पहचान सकूँ कुछ ऐसा व्यक्तित्व ओढ़ लूँ।

मैं, मेरे ख्वाब और मेरी दुनिया

मैं, मेरे ख्वाब और मेरी दुनिया
सब कितने अलग हैं
मैं हूँ भी, ये पूछना है खुद से
मेरे ख्वाब, मुख्तलिफ हैं सबसे
मेरी दुनिया जो बस चल रही है।

मैं, मेरे ख्वाब और मेरी दुनिया
सब कितने अलग हैं।

खुद का अस्तित्व खो सा गया है
गैरों की दुनिया में गैर हो गया है
मेरे शब्द बस साथ देते हैं
कुछ कहूँ तो अहसास बन जाते हैं।

ख्वाबों की दुनिया इन आँखों में है
हर रोज़ टूटती इन निगाहों में है
कभी लगता है क्यूँ मुश्किल है
जो चाहता है दिल वो बहुत दूर है।

दुनियादारी भरी इस ज़िंदगी में
जिम्मेदारियाँ निभाते चले जा रहे हैं
कुछ अरमान आँखों में हुआ करते थे
कुछ सपने कभी देखा करते थे

अहमियत भी लगता है अहमियत ना रही
ख्वाहिशें तो थी पर साथ ना रहीं।

मैं, मेरे ख्वाब और मेरी दुनिया
सब कितने अलग है।

कौन हैं कृष्णा?

कृष्ण क्या हैं, कौन हैं कृष्णा ?

किसी के लिए भगवान
किसी के लिए बालगोपाल
कोई उन्हे सखा माने
कोई उनकी गोपी बनना चाहे
उनका माखन चुराना बहुतों को भाता है
राधा संग प्रेम रास वृन्दावन की याद दिलाता है।

अर्जुन ने मित्र समझा और सारथी मान लिया
किन्तु जब समय आया तो उसे गीता का उपदेश दे दिया
भीष्म और द्रोणा को धर्म का सही मतलब समझाया
कर्ण को वास्तविक वचन का बोध कराया
बार-बार दुर्योधन को समझाते रहे
तू ये गलत कर रहा है उसे बताते रहे
पर अहंकार के कान कहा होते है
वो भगवान को भी जंजीरो में बाँधने का प्रयास करते है।

द्रौपदी ने मन से भाई मान लिया
तो राखी का सही मान कृष्ण ने दर्शा दिया
बलराम भैया को कुछ संदेह हुआ
तो अपनी अक्छुड़ी सेना का स्वेछा से त्याग कर दिया

पुत्र प्रेम का पाठ धरीतराष्ट्र को बतलाया
अश्वास्थमा को गुरु पुत्र का सही अर्थ समझाया।

वो पुत्र भी, वो सखा भी
वो मित्र भी, वो भ्राता भी
वो राजाओं में प्रतापी राजा भी
ज्ञानियों मे ज्ञान का भण्डार भी
वो प्रशंसक भी, वो विधवंशक भी
वो सत्य भी, वो धर्म भी
वो पुरुषार्थवान, वो मुरारी भी
वो आरम्भ भी, वो अंत भी
वो आरम्भ भी, वो अंत भी।

ये बिखरा सा मन

ये बिखरा सा जो सब है
कभी सोचता हूँ इन्हे तराश दूँ
पत्थर सा जो बोझ है
इसे कुछ नया आयाम दूँ
कभी जोड़ू इन्हे, कभी संजो लूँ
मन के किसी कोने मे एक खूबसूरत जगह दूँ।

ये जो बिखरा सा सब है
कभी सोचता हूँ इन्हे संवार दूँ।

है तो सब पत्थर ही,
पर कुछ कोशिशो से इन्हे परिभाषित करूँ
इनके होने का प्रमाण ही क्या
ये अधूरे से इनका काम ही क्या
रंगो का समागम
आकारों का विस्तार
कुछ परिभाषित किये बिना ही
सब कुछ कहने का अधिकार दूँ।

ये जो बिखरा सा सब है
कभी सोचता हूँ इन्हे संवार दूँ।

पत्ता-पत्ता जोड़ू इन्हे
हर रंग को कुछ पहचान दूँ
एक नये आकार में ढालता चलूँ
कुछ नये विचार गढ़ता चलूँ
ये अनुभव कुछ अलग सा हो
ये प्रस्ताव कुछ अद्भुत हो
लहरों सा जो मन विचलित है
इसे स्थिरता का स्थान दूँ।

ये जो बिखरा सा सब है
कभी सोचता हूँ इन्हे संवार दूँ।

बात कही तो बिल्कुल ठीक है

हर रिश्ता, हर ज़ख़्म, हर ख़्वाब
बस खुद में ही समेट लो, तो बेहतर होगा
यहाँ कोई नहीं समझेगा
यहाँ कोई नहीं सुनेगा
हर दिन तुम्हारे ही वज़ूद को चोट पहुँचेगी
हर दिन बस तुम्हारी उम्मीदें ही चीखेगी।

बात कही तो बिल्कुल ठीक है
पर हम ही नासमझ बनते चले गये
जख्म अपने ही अपनों को गिनवाते चले गये
लगा वो समझेंगे किसी मोड़ पर हमको
कुछ बेहतर कहेंगे कभी तो हमको
बड़े पराए से हम उनकी दुनिया में हो चले
अपने ही गम अब समेटते ही रह गये।

आँखे नम हुई तो, हमने नज़रे चुरा ली
कुछ कहने से पहले, वो बातें दबा ली
यूँ लगता है सिर्फ खामोशियाँ मेरी है
मैं कुछ भी करूँ, ये तन्हाइयाँ मेरी है
कुछ यूँ छिपा लूँ मैं खुद को सबसे
बहुत दूर कर दूँ खुद को सबसे।

जहाँ मेरे गम, मेरी तन्हाइयाँ बस मेरी हो
वो ज़िंदगी किसी और की नहीं बस मेरी हो।
वो ज़िंदगी किसी और की नहीं बस मेरी हो।

आज कोई कविता नही है

आज कोई कविता नही है
बस एक ख्याल है
कुछ एक सवाल है
कुछ बातें है जो बतानी थी
कुछ यहाँ-वहाँ की सुनानी थी।

कुछ पल थे जो साथ बाँटने थे
कुछ गम थे जो कम करने थे
कुछ कभी कहा होगा
उस पर भी बात करनी है
कुछ अधूरा रह गया होगा
वो कहानी पूरी करनी है।

एक कमजोर सा रास्ता था
जिस पर मैं कुछ यूँ चल निकला था
ना जाने क्या इरादा था
जिसकी सोच मे मैं बढ़ता चला था
कभी धूप थी कभी छाँव थी
कभी चाहतों की शाम थी।

बहुत दूर कहीं वो क्षितिज था
धुंधला सा ही सही पर वो सूरज अपना था

बड़ी उम्मीद से हम बढ़ते चले गये
कोई साथ हो ना हो हम चलते चले गये
मुश्किलों का दौर था, रास्ता कमजोर था
बिना डरे बिना थके इरादों मे ज़ोर था।

चलते चलते एक उम्र बीत गयी
ख्वाहिशें भी अब थक सी गयी
कुछ रोशनी यहाँ-वहाँ चमकती रही
हथेलियाँ भी उसको पकड़ती रही
खुद को समझाते-समझाते बड़ी दूर निकल आये
आँखों मे बैठे सपने भी अब सोचने लगे।

खुद से खुद पर जो ऐतबार था
कुछ कर गुजरने का जो ख्वाब था
ये खौलते खून का जो सैलाब था
कितना भी कोई रोके हम ना रुकेंगे
कितना भी कोई कह ले हम ना सुनेगें।

वो वक़्त के आगे अब टूटने लगे थे
उम्मीद से आस भी अब छोड़ने लगे थे
शायद कभी कुछ वक़्त बदलेगा
ख़ामोशियों में खुद से पूछने लगे थे
ख़ामोशियों में खुद से पूछने लगे थे।

मुझसे मेरा ही मुकद्दर

मुझसे मेरा ही मुकद्दर संवारा ना गया
खुद के लिए नया घर बनाया ना गया
दूसरों के लिए दरख्तों में जगह बनाते रहे
हम से हमारा ही आशियाना सजाया ना गया।

एक उम्मीद जाने कब से इन आँखों में लिए थे
कुछ ख्वाहिशों की कश्ती इन तूफ़ानो में लिए थे
मुकम्मल कुछ होगा ये यकीन था हमको
रास्ता कुछ तो मिलेगा ये तसरीर था हमको।

किसी अफसाने की जैसे कोई तलाश थी हमें
सुकून सा सफर हो ये सवाल था हमें
रेत ही रेत कुछ इस कदर फैले थे राह में
समंदर तक भी हमसे जाया ना गया।

हम से हमारा ही आशियाना सजाया ना गया
खुद के लिए नया घर बनाया ना गया।

कुछ नूर इन आँखों से

कुछ नूर इन आँखों से बिखरता रहा
कुछ दूर बैठा उसको मैं देखता रहा
कुछ सवाल थे इस मन में जो कर ना सके
वो सवालों से मेरी बस बचता रहा।

कुछ दर किनार खुद को मैंने यूँ कर लिया
कुछ बेवजह उसे मैं पुकारता रहा
वो शायद मेरी किसी उम्मीद में था
वो कुछ कहे मैं भी इसी फरीद में था।

वो मुझ तक आता पर आ ना सका
मिलते हम पर ऐसा रास्ता ना बन सका।

वो कभी नही समझेंगे

कभी आपके साथ भी ऐसा हुआ है
एक ही बात आप किसी से कह रहे हों कब से
क्या है जो आप को चाहिये
क्या है जो आपको परेशान करता है।

बेझिझक होकर उसे अक्सर ये बता देना
ये सोचकर की शायद, अब वो समझेगें
शायद, अब वो भी महसूस करेंगे
बिना कुछ छिपाये उसे सब कह देना।

लेकिन फिर भी, ऐसा लगता है
कि सामने वाले ने, ना समझने की जिद पकड़ ली है
ना मानने में उसे ना जाने कौन सा सुख मिल रहा है
और हम बेवकूफ हर बार ये सोचकर बता देते है
कि शायद अब वो समझेंगे, शायद अब।

नहीं, वो कभी नही समझेंगे
जिसे समझना होता है वो समझ जाता है
उसे बार-बार कहने की जरूरत नहीं पड़ती
और अगर पड़ रही है
तो जितनी जल्दी आप खुद को समझा लें
उतनी तकलीफ कम होगी।

दोस्त कौन है ?

दोस्त कौन है ?
वो जो आपकी हाँ में हाँ मिलाये
या वो जो आपको आपकी गलतियाँ भी समझाये
अच्छे पलों में आपके पास हो
या कैसा भी दौर हो वो आपके साथ हो।

जब भी तुम परेशान हो
वो साथ बैठ तुम्हारा दर्द भी बाँटे
तुम्हारे pain को महसूस करे
हर वो मुमकिन कोशिश करे
तुम्हे उस सिचुएशन से बाहर निकलने के लिए
बस अपना ही बेनिफिट सोचे
या बेनिफिट शब्द ही ना हो जब वो तुम्हे सोचे।

जिसके साथ तुम सारी बातें कर लो
और पता हो कि वो तुम्हे judge भी नहीं करेगा
वो जो तुम्हे बेहतरी की तरफ ले जाये
वो जो बस तुम्हारा अच्छा चाहे
तुम्हारी तरक्की में जिसे खुशी मिले
तुम्हारे बुलंद इरादों को वो भी रेस्पेक्ट करे
आखिर दोस्त कौन है ?

कुछ किताबें

कुछ किताबें जो आपकी सोच बदल दें
कुछ आपको आप से ही मिलवा दें
कभी आपको संभाले तो कभी डाट भी लगाए
कभी कुछ पल खामोशी से आपके साथ बिताये।

किसी को पढ़कर यूँ अधूरा छोड़ दें
किसी के पास बार-बार जाने का मन करे
कुछ किताबों के हर शब्द कुछ अहसास देते हैं
तो कुछ बस यूँही गुदगुदा देते हैं।

कभी नसीहते तो कभी मशवरा देती है
कभी फुर्सत के पलों में बेहद करीब होती है
कुछ किताबें।

क्या चाहिए उसे...

उसे कुछ ज्यादा नहीं चाहिए
अपनी मसरूफियत से कुछ वक़्त दे देना
कुछ बातों को बिना कुछ कहे यूँही मान लेना
जब वो भीड़ में तुम्हारी तरफ देखे
तो मैं हूँ बस ये जता देना।

कभी उसके मान की बात आये
तो उसके साथ तुम भी खड़े रहना
कभी यूँही शाम को
उसके लिए एक कप चाय बना लाना।

वो कुछ करना चाहे तो उसके पंखो को उड़ान देना
कभी कमजोर पड़े तो उसको संभाल लेना
बस इतना ही चाहती है वो.....

एक प्यारा सा इंसान

कभी जब हमारी ज़िंदगी में
एक प्यारा सा इंसान आ जाता है
तो सब कुछ कितना बदल सा जाता है
मुरझाया सा दिन फिर से मुस्कुराने लगता है
बेरंग सी शामें भी कुछ कहने लगती हैं।

अब तो बैठे-बैठे कितना कुछ याद आने लगता है
ज़िंदगी खुद ब खुद बेहतर होने लगती है
ऐसा लगता है सपने फिर से सांस लेने लगे हैं
एक अजीब सी खुशी बिखरने लगती है।

जो दुसरो को समझ नही आती
और हम बताना भी नही चाहते
मन करता है अब सब ऐसे ही रहे
खोयी सी मैं और सब खूबसूरत रहे।

एक प्यारी सी चमक इन आँखो में सिमटती है
ज़िंदगी फिर से गुनगुनाने लगती है।

ना कह देना

कुछ लोगों को देखा होगा आपने
जो बड़ी बेबाकी से 'ना' कह देते हैं।

कम सोचते हैं कि दूसरे क्या कहेंगे
जो नापसंद हो उसे नापसंद कह देते हैं
अक्सर एक चेहरा होता है सबके लिए
वो किसी के लिए कुछ और किसी के लिए कुछ नहीं होते हैं।

अपनी इस 'ना' का अंजाम भी बेहतर समझते है
खुद को दूसरों की नज़र में अच्छा बनाने से डरते है
जो मन में हो अक्सर वो जता देते है
इसीलिए कई बार लोग उन्हे गलत भी समझते है।

अकेले चलने की आदत होती है उन्हे
वो हर किसी के साथ से बचते है
उम्मीद कम रखते है दुनिया से
खुद के लिए आवाज़ उठाना जानते है।

लोग खो देते हैं

कई बार लोग खो देते हैं वो रिश्ते
वो लोग, वो किसी खास का प्यार
खुद के गलत बर्ताव से, उसकी ज्यादा परवाह से
उसे खुद से बहुत कमदर मानकर
खुद ब खुद दूरियाँ बना लेते है।

उन्हे लगता है की हम कहीं बेहतर है
और हमें उसकी कोई जरूरत नहीं
लेकिन जब वो इंसान बहुत दूर चला जाता है
तो, कुछ लोग तो बस अफ़सोस करते हैं
कुछ उन लम्हो को फिर से पाने की फ़रियाद करते हैं।

वैसे कुछ तो ऐसे भी होते है, जो ना तो अफ़सोस करते हैं
ना फरियाद करते हैं
बस उसकी खुशी और तरक्की से जलने लगते हैं
जलने लगते हैं।

किसी का अचानक आ जाना

कभी ऐसा महसूस हुआ है
कि सारे रास्ते धुंधले से हो गये है
ज़िंदगी कहाँ से कहाँ ले जा रही है
कुछ समझ नही आता।

उस वक़्त किसी का अचानक आ जाना
फिर से उम्मीदों का सिलसिला शुरु हो जाना
ऐसा लगता है जैसे कुछ खो गया था
और उसके आने से जैसे सब मिल गया हो
वही, बेरंग सी ज़िंदगी में कितने रंग चमकने लगते है
थके से हम फिर से मुस्कुराने लगते है।

किसी से फिर घंटो बात करने में वक़्त कहीं खो जाता है
बिखरा सा मौसम भी, अब खूबसूरत सा हो जाता है
ना जाने कितने सपने सांस लेने लगते है
उसके होने का अहसास ही, ना जाने कितने गीत गुनगुनाने लगते है।

लगता है अब बस, कुछ नही समझना और समझाना
क्या गलत है क्या सही है, अब नहीं जानना
अब उसका होना, हमें और बेहतर बनाने लगता है
उसका साथ अब हर किसी के साथ से ज्यादा अच्छा लगता है

आज बारी उसकी थी

एक वक़्त निकल गया सुनते-सुनते
आज बारी उसकी थी।

सोचा आज कुछ ना कहूँगी
बस इत्मीनान से उसे सुनूँगी
आखिर क्या है उसके मन में
क्या चल रहा है इतने दिनों से
आखिर कौन सा दर्द है जो
इस मुस्कुराते हुए चेहरे के पीछे छिपा है
क्या है जो उसे हर पल परेशान कर रहा है।

वो कहता गया, बस कहता गया
सुनते-सुनते, ये आँखे भर सी आयी
और दिल में बस एक ही ख्याल आया
कि, क्यूँ हम खुद को इतना छिपा लेते हैं सबसे
क्यूँ बस अंदर ही अंदर घुटते रहते हैं
क्या मिला खुद को इस तरह तोड़ने से
क्या मिला खुद को इस हाल में लाने से।

कई बार अनजाने में, हम कुछ तो ऐसा कर देते हैं
वो चाहे भी तो कुछ बताना, लेकिन उसका भरोसा खो देते हैं
उसका भरोसा खो देते है।

एक रोज़ बैठे-बैठे

एक रोज़ बैठे बैठे, तेरी यादों को
खुद की यादों से जोड़ता गया
वो खूबसूरत से लम्हे
मैं खुद में घोलता गया।

अहसास हुआ की तू पास है कहीं
मेरी आँखों में अब भी देख रही है कहीं
तेरे चेहरे से वो बिखरी सी लट हटाने लगा
तेरा हाथ अपने हाथों में लेने लगा
मेरी पलके तुझ पर थम सी गयी
तु शर्माते हुए इधर-उधर देखने लगी।

वो मीठी सी बातें, वो शरारत सी हरकतें
मेरे ख्वाबों में फिर से तू आने लगी
मेरे ख्वाबों में फिर से तू आने लगी।

ज़िंदगी इतनी बुरी तो नहीं है

अगर ठीक से सोचें तो आज ज़िंदगी वैसी ही है
जैसी कभी चाही थी।

बस कुछ ख्वाहिशें पूरी नहीं हुई
कुछ सपने अधूरे रह गये
कुछ बातें जो कहीं यादों में सिमट से गये
कुछ चाहतें जो मन के किसी कोने में ही रह गये।

सब तो मिला, फिर भी कुछ मलाल तो है
किसी के जाने का गम, बहुत थोड़ा सा ही सही
पर बरकरार तो है।

मुस्कुराते पलों में अक्सर कुछ याद आता है
कभी उदास हुए तो कुछ ख्याल आता है
वैसे कुछ अफ़सोस, कुछ नाराज़गी कहीं तो दबी है

जरा फिर से देखिये
ज़िंदगी इतनी बुरी तो नहीं है
ज़िंदगी इतनी बुरी तो नहीं है।

दो लोगों का नजरिया

क्या होता है जब दो लोगों का नजरिया बिल्कुल अलग हो
एक ज़िंदगी को एक ढंग से देखता हो
और दूसरा बिल्कुल दूसरे ढंग से
एक दूसरे को समझने में
कितना वक़्त जाया हो जाता है।

कैसे चलेगा ये रिश्ता
जब दोनों में से कोई भी दूसरे के प्रति
पूरी तरह विचारों से समर्पित ना हो
दोनों को लगता है की उनका पक्ष सही है।

और दोनों ही जीवन को
अपने ढंग से देखना और जीना चाहते हो
क्या किसी एक को खुद को मिटाकर
दूसरे के प्रति पूरी तरह से समर्पित हो जाना ही
सारी मुश्किलो का समाधान है ?
या कुछ और भी विकल्प संभव है ?

परिस्थितियाँ

जब परिस्थितियों को बदलने की कोशिश में
कुछ ना बदल रहा हो
बल्कि सब और भी ज्यादा उलझता जा रहा हो
तो रुक जाए, कुछ ना करे
और समय को बीतने दें।

कई बार हमारी कोशिशें परिस्थितियों को
और भी बिगाड़ देती है।
बस प्रतीक्षा करें
दूषित पानी के स्वत: ही बह जाने का।

तू कभी फिर से आ

तू कभी फिर से आ तुझसे मिलना है कहीं
कुछ बात करनी है और हम बैठेंगे वहीं।

कुछ अपनी कहनी है, कुछ तेरी भी सुननी है
जो किस्से छूटे थे वहीं से शुरुआत करनी है
इतने महीने हुए और तुझे याद भी ना आयी
वो मुलाकातें जो हुई थी तेरे बाद ना आयी
मैं तुझे देखती हूँ तो ख्याल आता है
बड़ी गहरी थी ये आँखें ये म्याल आता है।

खामोश लफ्जों से भी खामोश हमारी बात थी
सबसे छुप कर इशारों सी बरसात थी
एक अलग दुनिया सी वो मुलाक़ात थी कभी
मुझे तो याद है तुझे भी याद है सभी।

तू कभी फिर से आ तुझसे मिलना है कहीं
कुछ बात करनी है और हम बैठेंगे वहीं।

बस वही नहीं मिलता

कई बार हम खुशी जहाँ ढूँढ रहे होते हैं
बस वहीं नहीं मिलती
और दूसरी तरफ हमारी नजर जाती ही नहीं
काफी कुछ है जो हमें मुस्कुराने की वजह दे सकता है
काफी कुछ है जो हमें नयी उम्मीदें, नये सपने दे सकता है
और हम बस उसी एक पर अटक कर रह जाते है।

सब सामने ही घटित होता है
फिर भी उसे ना देखकर बार-बार उस एक को मौका देते रहते हैं
कोई भी व्यक्ति हमें कभी खुशी दे ही नहीं सकता
हमारा उसपर कभी कोई नियंत्रण नहीं होता
खुशी जो भी मिलेगी वो हमारे ही अंदर मिलेगी।

खुद को जानने का, पहचानने का मौका दें
खुद को किसी किताब, किसी कला में डूबने का मौका दें
कहीं पहाड़ो में बैठ खुद को समझें
कभी अकेले चलें और खुद को महसूस करें।

कभी कुछ लिखकर खुद को कागज पर उतार लें
खुद के साथ थोड़ा वक्त बिताये
खुद को जानने में थोड़ा खुद को करीब लाये।

अक्सर लोगों का आना...

अक्सर लोग आते हैं और कुछ वक़्त बाद चले जाते हैं
कुछ किस्से तो कुछ कहानी हो जाते हैं
कुछ एक मीठी याद बनकर रह जाते हैं
कुछ बस अपनी कड़वाहट छोड़ जाते हैं।

किसी के साथ बिताये पल का इन आँखो में सिमट जाना
उनकी धुधली सी यादें और वो सफर बस हम तक खामोश हो जाना
किसी का जाना कभी आंसुओं का सबब होता है
तो किसी से बस पीछा छुड़ाना जैसा होता है।

किसी से दुबारा मिलने की ख्वाहिश
वो खूबसूरत लमहें, सब कहीं छिप जाता है
अक्सर किसी का आना और जाना
मन के किसी कोने में रह जाता है
मन के किसी कोने में रह जाता है।

किसका फायदा

कुछ लोग ज़िंदगी मे बस आपने फायदे के लिए जुड़ते हैं
उन्हे आपके दुख से कोई मतलब नहीं होता
लेकिन सुख आपका उनसे देखा भी नहीं जाता
अपनी चीज़ो को अक्सर बहुत बड़ा कर बताते हैं
और आपकी तरक्की को कभी एक्नॉलेज भी नहीं करते
उन्हे सेल्फ ऑब्सेशन की बिमारी होती है
और इसे वो अपनी शान समझते हैं।

जब मतलब होता है तो अचानक
उन्हे आप याद आ जाते हैं
वरना आप कौन हैं ?
वो तो ये भी नही जानना चाहते।

ऐसे लोग अक्सर सबसे ज्यादा उन लोगों से चिढ़ते हैं
जो उन्हे पहचान जाते हैं
और उनके व्यक्तित्व को जरा भी नहीं सराहते।

हर दिन की भाग-दौड़

कई बार हर दिन की भाग दौड़ में
शहर की भीड़, और रौशनी की चकाचौंध में
ना जाने किससे आगे निकलने की प्रतियोगिता में
और सब कुछ बस कल में तलाशते रहने की होड़ में।

वो असीम आनंद के क्षण, वो शांत वातावरण
वो किसी से आगे ना निकलने का विचार
वो कुछ खोने या पाने के विचार से विरकत
वो सुख और दुख से कहीं ज्यादा प्रकट।

बस कहीं चुपचाप बैठकर अपने भीतर देखने का क्षण
अपने व्यर्थ की जिद में कहीं भूल जाते हैं
जो सुख, जो शांति, वो सम्भावनाएँ
जो जीवन को समझने का
स्वयं को उन्मुक्त पाकर एक प्रवाह में बहने का
जो सुख है वो हम जीवन भर तलाशते हैं।

और बस अपनी अपूर्ण अपेक्षाएं दूसरों पर डालते हैं
जिनका मिलना बस क्षणिक और असंभव सा होता है
अगर वो मिलेगा तो बस अपने भीतर उतर कर ही मिलेगा
बस अपने भीतर उतर कर ही मिलेगा।

बस एक सवाल है

आज बस एक सवाल है
एक चीख है...
एक गुस्सा है...
और बहुत सारा दर्द है।

हर बार जब ऐसी दर्दनाक घटना होती है
हम शोर मचाते हैं
पुलिस-प्रशासन को कोसते हैं
सरकार से सवाल करते हैं
कैंडल मार्च निकालते हैं
और करना भी चाहिए।

लेकिन एक सवाल हमेशा रह जाता है — क्यों?
क्यों ये घटनाएँ बार-बार होती हैं?

क्यों किसी को न शर्म आती है, न डर लगता है?
कैसे कोई किसी बेटी के सपनों को
किसी माँ की ममता को
किसी पिता की उम्मीदों को यूँ बेरहमी से तोड़ देता है।
और फिर कुछ दिनों बाद... हम सब भूल जाते हैं
फिर अगली घटना का इंतज़ार करते हैं।

लेकिन क्या सचमुच हमें सिर्फ़ इंतज़ार करना चाहिए ?
या अब हमें कानून को इतना कठोर बनाना होगा
कि अपराधी को अंजाम से डर लगे।
पुलिस और प्रशासन को इतना सशक्त बनाना होगा
कि वो सच में न्याय दिला सके।
और सबसे अहम —
हमें इंसान को इंसान समझना सीखना होगा।

(Written on Child & women violence)

Dear Reader,

If this book stayed with you even after the last page—if it made you pause, feel, or reflect in your own quiet way—I would truly appreciate hearing from you.

Leaving an honest review on Amazon helps independent authors like me reach more readers who might connect with these poems. Even a few lines mean more than you can imagine.

Thank you for reading, for feeling deeply, and for taking the time to share your thoughts.

With Love & gratitude,
Kanchann Agarwal

About Author -

Kanchann Agarwal has always been passionate about writing—be it programming codes or heartfelt poems and stories. Living in Gurugram, she often says with a smile that she is ***"Software Engineer by Chance, Writer by Choice."***

Writing is where she finds her truth. Poetry is where she finds her voice. Her work blends with raw emotion, turning everyday moments into poems and stories that feel deeply personal. Through Instagram as her words have reached thousands who connect with her honesty and simplicity.
Born and raised in a small town in Uttar Pradesh, Kanchann has experienced life's struggles and relationships deeply.

Her debut Hindi fiction novel ***'चलो एक नए शहर चलते है"***, reflects the journey of love, heartbreak, healing, and rediscovering oneself in a new city — a theme inspired by the transitions we all face in life. Her book carries the essence of those experiences, offering a fresh perspective on emotions, bonds, and the many shades of life.

Balancing her technical career with storytelling, Kanchann continues to write with the intention of touching lives, one emotion at a time.

Insta - @authorkanchann_agarwal
Gmail – mailto.kanchangupta@gmail.com

www.ingramcontent.com/pod-product-compliance
Lightning Source LLC
LaVergne TN
LVHW100318210926
848480LV00003B/1168
* 9 7 9 8 9 0 1 7 6 5 5 3 1 *